산은 늘
거기 있었다

산은 늘 거기 있었다

비로소 내 삶의 주인이 되는 곳

초 판 1쇄 2025년 01월 22일

지은이 우지원
펴낸이 류종렬

펴낸곳 미다스북스
본부장 임종익
편집장 이다경, 김가영
디자인 윤가희, 임인영
책임진행 김은진, 이예나, 김요섭, 안채원, 장민주

등록 2001년 3월 21일 제2001-000040호
주소 서울시 마포구 양화로 133 서교타워 711호
전화 02) 322-7802~3
팩스 02) 6007-1845
블로그 http://blog.naver.com/midasbooks
전자주소 midasbooks@hanmail.net
페이스북 https://www.facebook.com/midasbooks425
인스타그램 https://www.instagram.com/midasbooks

ISBN 979-11-7355-043-0 03810

값 19,000원

미다스북스는 다음세대에게 필요한 지혜와 교양을 생각합니다.

비로소 내 삶의 주인이 되는 곳

산은 늘
거기 있었다

우지원 지음

미다스북스

분명, 기적이다

눈을 뜨니 온몸이 젖어 있었다. 매트에 땀이 흥건하다. 5일 동안 계속되었다. 손이 저렸고 손가락 끝이 터질 것 같은 통증이 따라왔다. 한밤중 참을 수 없는 고통에 신음하였더니 자고 있던 딸이 달려왔다.

"엄마! 엄마! 괜찮아?"

택시를 불러 응급실로 갔다. 링거를 달았다. 출근 시간이 되어 집으로 돌아왔다.

허리 통증으로 머리 감기조차 어려웠다. 오른쪽 다리가 저리고 당기고 때론 힘이 빠져 걷는 것도 힘들었다. 도수치료를 받고 한의원에서 추나요법을 받았다. 나아지지 않았다. 한 가닥 희망을 안고 우리나라 척추 명의를 만났다. MRI 사진을 보더니 수술해야 한다며, 그 외 다른 방법이 없다는 말을 들었다. 아무런 말이 나오지 않았다. 나도 모르게 눈물만 흘러내렸다.

질병 휴직을 진지하게 고민했다. 직장 상사가 근무처에 찾아와 위로하며 밥을 사주고 돌아갔다. 한 사람의 따뜻한 위로에 통증이 다소 완화되는 것만 같았다.

허리 통증으로 조퇴하고 병가도 많이 냈다. 수백만 원을 썼다. 호되게 갱년기를 치렀다. 내 몸을 내가 지켜내야만 했다. 퇴근 후 해야 할 일 1순위로 운동을 올려놓았다. 매일 걷고 식단을 챙겼다. 체중을 줄였다. 6개월쯤 지나니 조금씩 좋아지는 것이 느껴졌다.

사람 마음은 참으로 간사하다. 호전되니 아프기 이전 일상으로 다시 돌아갔다. 아플 때 꾸준히 지켰던 일들이 무너지기 시작했다. 그러면 어김없이 허리가 신호를 보낸다. 복에 겨우면 복을 일상으로 받아들인다는 말은 정답이다. 다시 정신을 바짝 차린다. 내 몸을 다시 챙긴다. 매일 만 보를 걷고 스트레칭을 한다.

산에 가면 죽는다며 말리던 한의사 말이 귓전에 들리는 듯하다. 치료하러 한의원에 다시 가면, 산에 갔는지부터 물었다. 나는 얼버무렸다. 참을 수 없는 고통이 있을 때는 누가 가라고 해도 가지 못한다. 병원을 수시로 다니며 물리치료, 도수치료를 받았다.

동네 산에 조심스럽게 올라 보았다. 내려올 때는 어느 때보다 몸조심했다. 허리 통증이 서서히 좋아지면서 가까운 산에서 먼 산으로 가게 되었고, 이젠 천 미터 이상 높은 산을 거뜬히 오르게 되었다.

매주 산에 오른다. 산에 오르면서 허리 통증이 좋아졌다. 당당하고 더 자유로워졌다. 그동안 산에 올랐던 기록이 한 권의 책이 되어 세상에 나올 준비를 한다. 좋아해서 가게 되었고, 가다 보니 더 잘 오르게 되었다. 사랑하게 되었다. 주로 영남알프스 산행 이야기다.

친구들에게 영남알프스 지킴이라는 별명을 얻을 정도로 내겐 각별한 곳이 영남알프스다. 답답해서, 마음 아파서 올랐던 산에서 위로받았다. 힘을 얻고 유연함을 배웠다. 길에서 만난 사람에게 도움을 받고 배움을 얻었다.

몇 해 전 가을. 영축산 단조 성터에서 신불산자연휴양림으로 내려서는 길, 혼자 내려가기가 무서워 길 입구에서 다른 등산객을 기다리고 있었다. 울산 현대자동차에 다니고 있다는 일행 네 명을 만났다. 그 사람들 덕분에 새로운 등산로를 알게 되었고, 배내고개까지 태워주어 차 있는 곳에 편히 돌아갈 수 있었다.

매 순간 우리는 누군가의 도움으로 살아간다. 누구의 도움 없이는 한 순간도 살 수 없는 존재가 우리 인간이다. 이 책을 쓰면서 무심코 지나쳤던 사람들, 자연과 사물, 세상 모든 것에 깊이 감사하는 마음을 갖게 되었다.

2년 전부터 글쓰기 공부를 하고 있다. 관심 있어 시작한 글쓰기였지만, 공부하는 과정에서 더 많은 것을 배울 수 있었다. 글쓰기 공부는,

글쓰기만이 아니었다. 하루를 잘 사는 인생 공부였다.

수업 시간 선생님의 질문은 항상 똑같다.

"오늘 뭐 하셨어요?"

"어제는요?"

하루가 모여 한 달이 되고 일 년이 되고 평생이 된다. 글쓰기 스승은 하루가 전부라는 말을 입이 마르고 닳도록 우리에게 강요한다. '하루가 우리의 인생'이라고.

잘 사는 것이 글을 잘 쓰는 방법이라고 한다. 글을 잘 쓰고 싶으면 잘 살면 된다는 말, 이제 내 속에 각인이 될 정도다. 글 쓰는 목적이 누군가에게 반드시 도움 되어야 한다는, 글 스승의 가치와 철학을 전적으로 신뢰한다. 내가 글을 쓰는 이유도 한 가지다. 지금보다 더 나은 삶을 살고 싶어서이다. 잘 산다는 것은 무엇일까. 결국, 나를 발견하는 것 아닐까.

우리 인생은 누구나 고달프다. 행복만 있는 인생은 세상 어디에도 없다. 누군가 살며시 놓고 간 초코파이 하나, 커피 한잔이 다시 살아가도록 힘을 준다. 작고 쓸모없어 보이는 것들의 소중함을 이제는 안다. 아프고 힘들었던 순간이 나를 키웠듯, 작고 적은 나의 경험이 이름 모를 독자에게 닿아, 초코파이 하나 커피 한 잔의 역할을 한다면 그것으로 나는 충분하다.

한 발 내딛기조차 힘든 사람에게, 산에 오르고 싶은데 주저하는 사람에게 기꺼이 손을 잡아주는 역할, 이 책이 그 역할을 한다면 더 이상 바람이 없겠다.

허리 아파 절박했던 지난 시간을 돌아보면 지금 내가 건강히 살고 있는 것은 분명, 기적이다. 멀쩡하게 산에 오르고 달리기를 하는 내가 나조차도 신기하다.

우리의 삶은 어떻게 흘러갈지 아무도 모른다. 과거의 내가, 지금 여기의 나를 상상할 수 있었는가. 내가 계획했던 삶인가. 기적은 결코 혼자 일어나는 것이 아니었다. 지금까지 살면서 수없이 닿았던 인연 덕분이었다. 세상의 모든 인연에 고개 숙여 감사를 전한다.

나는 계속 산에 오를 것이고, 글을 계속 쓸 것이다.

제 4 장   **산은 늘 거기 있었다**

제 5 장 _____ 산, 시작하는 이들에게

제 1 장

산을 만나다

기쁨이 넘쳤다. '왜 지금까지 이 경치를 모르고 살았을까'
하는 생각이 올라왔다. 철쭉과 백록담 봉우리를 하
루 종일 바라보고 있어도 좋을 것 같았다.
세상을 다 가진 기분이었다.

산은 늘 거기 있었다

1.

지리산을 밟아야 대학생이지

어느 날 명숙이가 느닷없이 말했다.

"우리 오빠가 그러더라. 대학생이라면 지리산에 한 번 갔다 와야지. 지리산을 밟아야 대학생이지!"

당시 나는 학교 후문 5분 거리에서 같은 여고를 나온 명숙이와 자취하고 있었다. 그 오빠를 직접 만난 적은 없었지만, 부산대학 재학 중이고 산에 많이 다니는 운동권 학생이라고 했다.

지리산에 대한 호기심 때문이었을까. 아니면 대학생인 것을 증명이라도 하고 싶었던 걸까. 그때부터 막연히 지리산을 마음에 품게 되었다. 당시 재미없고 힘들었던 학교 공부에 지쳐 있었기에 내게 뭔가 탈출구가 필요했는지 모른다.

일곱 명 친구와 어울려 다니며 커피를 마시고 밥도 자주 먹었다. 어느 날 점심 먹으며 지리산 얘기가 나왔고 다가오는 여름방학 때 지리산에 함께 가기로 약속했다. 지리산에 대해 아는 것이 없었지만, 우리에겐 명숙이 오빠가 있었다. 첫째 날 중산리에서 출발하여 로타리 야영장에서 1박을 하고, 둘째 날은 천왕봉에 오른 다음 세석 야영장에서 2박을 하고, 셋째 날 산청군 시천면 내대리로 하산할 것. 오빠가 짜준 일정 그대로 가기로 했다. 당시는 지금처럼 잠잘 수 있는 대피소가 없었기에 텐트, 코펠과 버너 등을 가져가서 직접 밥을 해 먹고 야영해야 하던 때다. 간편식이 없었기에 각종 식재료인 쌀, 감자, 양파, 당근, 된장, 카레 등을 가져가야만 했다.

여름방학이라 늦잠을 잤고 밀양 집에서 엄마 밥을 얻어먹으며 하루하루 시간을 보냈다. 돌아보니 그때 부모님 그늘에서 가장 큰 자유를 누렸던 시기였다. 지금 생각해 보면 빈둥거리며 시간을 보내고 있는 나를 잔소리 없이 지켜봐 주셨던 엄마, 아버지께 감사하다.

8월. 장마가 끝나고 본격적인 더위가 시작되었다. 경남 산청군. 중산리 버스 종점에 도착했다. 친구 한 명이 참석하지 못하고 여섯 명 친구가 다 모였다. 정확히 기억나지 않지만 아마 오후 한 시쯤 되었던 것 같다. 매미 소리는 요란했고 사람들은 거의 보이지 않았다.

등산화도 제대로 없던 시절, 나는 프로스펙스 운동화를 신고 있었다. 아르바이트로 처음 마련한 그 신발을 많이 아끼고 좋아했다. 등산복으로 녹색 면 셔츠와 하늘색 청바지를 입었고, 명숙이는 베이지색

면바지를 입었다. 상희도 청바지를 입었다. 각자 땀 닦기 위한 수건을 목에 하나씩 둘렀고 등에는 우리 덩치만큼 큰 배낭을 멨다. 마침내 지리산을 향하여 첫발을 내디뎠다.

1987년 여름. 대학가와 도심은 최루탄 연기로 가득했다. 내가 다니던 학교에서도 수업을 포기하고 거리로 나갔다. 어떤 날은 학교 강당에 모여 〈임을 위한 행진곡〉, 〈타는 목마름으로〉, 〈상록수〉 등 운동가요를 배우며 하루를 보냈다. 같은 캠퍼스에서 공부하던 의대생 일부도 데모에 참여했다. 당시 사회 분위기였다. 부산 중구 남포동 거리와 가톨릭 센터 주변은 데모하는 학생과 시민들로 넘쳐났다. 서면 대로에서는 최루탄 쏘는 전경 부대와 시민들이 대치했다. 쫓고 쫓기는 일이 수시로 있었다. 우리 역시 거리로 나가 '호헌 철폐', '독재 타도'를 외쳤다.

그런 어수선한 시기에 우리는 3학년이 되었고, 실습과 전공 공부로 힘겨운 나날을 보내야 했다. 대학의 낭만은 1학년으로 끝나버렸고, 2학년은 데모한다고 가버렸다. 3학년 고된 직업 훈련이 시작되었다. 수업 시간은 빡빡했고, 이론과 실습이 연달아 있었다. 한 달에 2주는 실습이었고, 나머지 2주는 이론 수업이었다. 네 명이 한 조가 되어 병원으로 실습 나갔고, 두 명씩 교대로 실습 근무를 했다. 월요일부터 금요일까지 병원 실습을 하고, 토요일엔 담당 교수와 콘퍼런스를 했다. A4지 열 장에서 열다섯 장 가까운 자료를 준비하여야만 했다. 강의실에서 만나는 친구들 얼굴은 무표정했고 어두워져 갔다. 머리카락은 기름으로 떠져 있었다. 2학년 때 같은 반이었던 은숙이는 다른 일을 하겠다며 학교를 떠났다.

고향에 있는 부모님 생각에 그만둘 용기도, 다른 길을 선택할 배짱도 내겐 없었다. 졸업 후 나는 병원 근무는 절대 하지 않겠다고 마음먹었다. 임용고시를 봐서 출퇴근 시간이 일정하고 방학 있는 학교에서 근무해야겠다고 결심했다.

8월 정오. 지금 같으면 폭염 주의보를 내리고 '외출은 되도록 하지 마세요.'라는 안전 문자를 받았을 그런 뜨거운 날이었다. 망설임 없이 두려움도 없이 지리산으로 들어갔다. 우리는 20대 청춘이었다.

지리산에 오른다는 설렘 때문인지 처음에는 힘들게 느껴지지 않았다. 대수롭지 않게 생각했다. 가파른 길이 계속되면서 우리 말수는 서서히 줄어들었고 거친 숨소리만 들려왔다. 시뻘게진 서로의 얼굴을 확인할 뿐. 배낭은 무거웠고 한여름 낮이었다.

묵묵히 걸음을 옮겼다. 조금 걷다가 쉬었고, 다시 걷고 쉬기를 여러 번 반복했다. 드디어 첫날 1박 하기로 했던 로타리 야영장에 도착했다. 힘을 모아 텐트를 쳤다. 계곡물에 쌀을 씻어 밥을 하고 감자와 양파를 듬뿍 넣어 된장찌개를 끓였다. 밥이 꿀맛이었다. 일찍 잠자리에 들었다.

웅성거리는 소리에 눈을 떴다. 텐트 가장자리에 누웠던 영아와 해연이 앉아 있다. 바닥이 너무 차가워 잠을 자지 못 하겠다 한다. 5인용 텐트에 여섯 명이 잠을 잤다. 안은 비좁고 불편했다. 습기 방지용 비닐을 바닥에 깔았지만, 텐트 가장자리에 닿지 않았던 거였다. 텐트 가운데 모여 옆으로 누워 다시 잠을 청했지만, 다들 자는 둥 마는 둥 그렇게 지리산에서 첫날밤을 보냈다.

다음날 눈을 떠니 누군가에게 두들겨 맞은 듯 온몸이 무겁고 아프다. 출발 전 씩씩했던 기운은 사라지고 분위기는 가라앉았다. 잠을 제대로 자지 못했고, 배낭은 여전히 무거웠다. 울퉁불퉁 돌길에 다리 힘이 자꾸 빠진다. 몇 걸음 옮기다가 쉬기를 반복했다.

명숙이가 자꾸 뒤처지고 있다. 찡그린 얼굴이 눈에 들어온다. 명숙이 배낭 안에 무거운 텐트가 들어 있다. 텐트 무게를 감당하기 힘들었을 것이다. 무겁겠다는 생각은 했지만 애써 외면할 수밖에 없었다. 내 배낭 감당하기에 힘겨웠다. 배낭을 번갈아 바꿔 메고 갈 마음을 내지 못했다. 이기적인 마음이었다. 함께 가기 위해 기다려 주는 방법밖에 없었다. 뒤따라오던 명숙이가 결국 걸음을 멈췄다. 더 이상 올라가지 못하겠다며 울상을 지었다. 모두 가는 길을 멈추고 섰다. 얼마간의 시간이 지났다. 우리 뒤에 따라 오는 한 남자가 명숙이 배낭을 들어주겠다고 나섰다. 구세주가 나타난 것이다.

8월 한낮. 우리가 선택한 길이었다. 하늘로 치닫는 거세고 가파른 돌길을 이겨내야만 했다. 지리산에 오르기 위해 작정하고 시작한 일이었다. 포기하지 않는다면 정상에 도달할 수 있다. 고지가 가까워지고 있었다. 꼭대기로 향하는 계단을 한 발 한 발 말없이 올라갔다. 숨이 턱 밑까지 차고 옷은 이미 땀으로 다 젖었다. 마침내 마지막 돌계단을 딛고 올라섰다. 1,915m. 지리산 천왕봉이었다.

30년 훨씬 지나 그 시절을 떠올려 본다. 친구 오빠의 말 한마디가 아니었다면 지리산에 갈 수 있었을까. 친구들이 아니었다면 과연 천왕봉에 오를 수 있었을까. 산에서 만난 사람의 도움이 아니었다면 우리는 어떻게 되었을까. 누군가 중도에 포기했다면 또 어떤 선택을 했을까. 우리는 모두 누군가의 도움으로 이 세상을 살아가고 있다. 세상에 혼자 힘으로 가능한 일은 아무것도 없다는 것을, 오랜 시간이 흐른 뒤 비로소 알게 되었다.

2.

잊을 수 없는 별밤

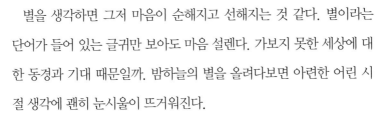

별을 생각하면 그저 마음이 순해지고 선해지는 것 같다. 별이라는 단어가 들어 있는 글귀만 보아도 마음 설렌다. 가보지 못한 세상에 대한 동경과 기대 때문일까. 밤하늘의 별을 올려다보면 아련한 어린 시절 생각에 괜히 눈시울이 뜨거워진다.

유년 시절. 해지고 어두워질 때까지 골목에서 놀았다. 잡기 놀이, 숨기 놀이, 깡통 차기 놀이를 하면서 시간 가는 줄 모르고 푹 빠져 놀았던 집 앞 골목. 엄마가 부르는 큰소리에 하던 놀이를 억지로 끝내고 집으로 돌아갈 때, 얼굴은 부루퉁했다. 그 시간 낮은 동산 위에 빛나던 작은 별 하나에 괜스레 마음 차분해졌던 기억이 있다.

여고 시절. 마음에 드는 시를 옮겨 적었던 노트 한 권 있었다. 모두 문학소녀였던 시기였다. 친구들과 시를 읽고 낭송하며 시시덕거리던 시절이 떠오른다. 유치환의 「행복」, 김소월의 「진달래꽃」, 윤동주의 「별

헤는 밤」은 단골 레퍼토리였다.

'계절이 지나가는 하늘에는 가을로 가득 차 있습니다. 나는 아무 걱정도 없이 가을 속의 별들을 다 헤일 듯합니다…….' 시 한 구절에 괜히 가슴 아려오고 그 시절이 그리워진다. 나이가 들어도 별 이야기에 이렇게 가슴 설레는 것은 무엇 때문일까. 시의 힘일까. 아직 철들지 않은 소녀 감성 때문일까.

시골에서 나고 자랐다. 도심에서 시외버스를 한 시간 타고 들어가야 하는 산골이다. 마을 앞에는 작은 개울이 흐르고, 개울 건너엔 넓은 들판이 있다. 들판의 끝에는 또 길이 있고 길 끝엔 또 산이 있다. 그런 곳에서 어린 시절을 보내고 중학교까지 다녔다.

여름 저녁엔 모깃불 피워놓고 마당 평상에 누워 밤하늘을 올려다보았다. 모깃불 살피시던 아버지, 부채로 모기와 벌레를 쫓아주시던 엄마, 전깃불은 켜지 않은 채 모깃불 연기와 냄새만이 가득하던 시골집 마당, 깜깜한 밤을 밝혀주던 수많았던 별들. 그때 올려다본 밤하늘 별은 먼 미지의 세계였다. 닿을 수 없는 아득한 곳으로 느껴졌다.

별밤에 대한 특별한 기억이 있다. 무더웠던 초여름 어느 날, 직장 동료들과 금정산으로 야유회를 갔다. 파리봉 산행을 마친 후 동래 산성 마을 식당에서 오리탕과 백숙을 먹으며 즐겁게 술도 한잔했다. 분위기가 무르익고 있을 때 B가 마이크를 잡았다. 방의 구석 자리에 노래방 기기가 있던 시절이다. B는 같은 직장에서 10년 넘게 근무하고 있는 동료다. 근무처가 달라 회식이나 특별한 모임이 있을 때 만나지만, 친근한 사이다. 윤항기의 〈별이 빛나는 밤에〉를 선곡했다. 모두 B의 노래에 귀 기울였다. 마른 체격에 겉보기에는 체력도 약해 보이는데, 노래에는 힘이 넘쳤다. 목소리는 크고 또렷했다. 후렴구가 반복되자 갑자기 벽을 향해 돌아섰다.

"별이 빛나는 밤에, 별이 빛나는 밤에……."

마이크를 잡지 않은 왼팔을 뻗어 손바닥을 벽에 붙였다. 고개를 30도 정도 오른쪽으로 돌린 후 바닥으로 향한 채, 노래는 계속 이어지고 있었다.

"별이 빛나는 밤에, 별이 빛나는 밤에……."

그 동료에게 시선을 뗄 수가 없었다. 평상시 보지 못했던 뜻밖의 모습에 모두 소리 내어 웃었지만, 분명 웃지 못할 사연이 있다고 확신했다. 즐거움과 궁금증을 동시에 주었던 '별이 빛나는 밤'이었다.

또 다른 별밤의 기억을 떠올려 본다. 어느 해 8월. 하동, 구례, 섬진강 쪽으로 여름휴가를 갔다. 둘째 날 노고단 일출을 보기 위해 숙소에서 새벽 일찍 나서 성삼재로 향했다. 주차장은 가로등 불빛으로 훤했지만, 노고단으로 가는 길은 칠흑이었다. 해 뜨는 시간을 맞추기 위해 걸음을 재촉했다. 플래시를 비춰가며 한 발 한 발 노고단을 향해 걸었다. 전날 계곡에서 물놀이한 탓인지, 발걸음은 무거웠고 몸도 천근만근이었다. 플래시 불빛만 쳐다보며 열심히 산길을 걷다가 어느 순간 하늘을 올려다보았다. 헤아릴 수 없는 수많은 별이 그곳에 모여 있었다. 나도 모르게 "와 아!" 하는 소리가 입 밖으로 흘러나왔다. 갑자기 밝아오는 새벽이 아쉬웠던 걸까. 마지막 불꽃을 태우듯 하얗게 반짝거렸다. 힘듦도 피곤함도 모두 잊고 한참을 그 자리에 서 있었다.

별밤에 대한 특별한 기억이 또 하나 있다. 20대 초반 지리산에서 보았던 세석대피소의 별밤이다. 태어나서 처음으로 지리산에 올랐다. 둘째 날 친구들과 지친 몸으로 세석대피소에 도착했다. 텐트를 치고 난 후 일찍 저녁 식사를 마쳤다. 잠잘 준비를 한 후 텐트 밖으로 잠시 나왔다. 많은 텐트와 희미한 불빛을 보며 지리산에 와 있음을 실감했다. 여름이었지만 지리산의 밤공기는 차가웠다. 밤하늘에 자연스럽게 눈이 갔다. 손을 들면 곧 닿을 것 같은 거리에 하늘과 별이 있었다. 별이 쏟아질 것 같다는 말의 뜻을, 나는 그때 처음 알게 되었다. 촘촘히 박혀 수없이 빛나던 별, 서로 자랑하듯 영롱한 빛을 뽐내고 있었다. 해발 1,678m. 세석대피소. 내 나이 22살. 별이 반짝이던 밤. 그날의 밤하늘 별은 지금도 내 인생의 별이 되어 가슴에 남아 있다.

별은 우리 인간에게 어떤 존재일까. 나에게는 또 어떤 의미일까.

우리는 한때 모두 어린아이였다. 큰 걱정이 없었다. 힘든 일이 있어도 금방 잊었고, 별것 아닌 것에도 많이 웃었고 신나게 놀았다. 무한한 미래가 있었다. 어린아이로 더 이상 불리지 않을 때부터 우리는 걱정과 고민을 하며 살아간다. 세상이 호락호락하지 않다는 것을 알게 된다. 먹고 살기 위해 일을 해야 하고 돈을 벌어야 한다. 때로는 하기 싫은 일을 해야만 한다. 실패와 좌절을 겪으며 살아간다.

유년 시절 집 마당에서 올려다보았던 밤하늘의 별, 대학 때 처음으로 올랐던 지리산 세석 밤하늘의 빛나던 별, 인생의 한고비를 넘어 중년이 되어 만났던 노고단의 새벽 별빛. 아직도 잊지 않고 또렷하게 기억하는 이유가 무엇일까.

별은 우리를 어린아이로 만드는 마력이 있는 것 같다. 별은 나에게 희망이다. 우리는 누구나 내일에 대한 희망을 품고 살아간다. 더 나은 날을 위하여, 더 행복한 날을 위하여. 희망은 우리를 열심히 살게 한다. 희망은 우리에게 힘을 준다. 각자 마음 깊은 곳에 반짝이는 별 하나 간직하고 산다면, 힘든 인생에 작은 위로가 될 것이라는 확신이 든다.

3.

우리는 용감했다

'좋은친구들산악회' 밴드에 공지가 올라왔다. 2023년 첫 산행지는 강원도 태백산이며 일출 보러 간다는 내용이다. 세 명이 간다고 댓글을 달았다.

'좋은친구들산악회'는 같은 중학교 출신 친구들이 모여 만든 산악회이다. 매월 한번 정기산행을 하고 주로 근교로 간다. 일 년에 한두 번 특별산행을 하기도 한다. 그동안 한라산 지리산 설악산을 특별산행으로 다녀왔다. 정기산행에 참석하는 친구는 5명에서 10명 정도이다. 작고 소박한 산악회지만 산에 다니면서 우리는 더 친밀한 사이가 되었다.

겨울 일출 산행에 대한 아픈 기억이 있다. 20대. 사회 초년생으로 친구들과 산행과 여행을 즐기던 시기였다. 부산 시민회관 앞에서 출발하는 산악회 버스가 성행하던 때다. 인터넷과 스마트폰이 없었다.

소백산 설경이 멋지고 예쁘다는 것을 익히 들어 알고 있었다. 소백산에 눈 보러 가자고 친구들과 마음을 모았다. 여고 동창 영희, 광옥이와 함께 했다.

1992년 1월. 저녁 9시. 부산시민회관 앞에 수많은 산악회 버스가 주차되어 있었다. 배낭을 멘 사람들이 버스를 찾느라 우왕좌왕하고 있다. 우리가 예약한 버스에 올라탔다. 빈자리가 하나도 없었다. 버스는 시내를 벗어나 고속도로에 진입했다. 새벽 산행에 대한 두려움이 있었지만, 친구들과 얘기 나누다 보니 한결 기분이 나아졌다. 차 안 유리창은 하얀 김으로 금방 뿌옇게 되었다. 창에 서린 김을 닦고 내다본 창밖은 오직 어둠뿐이었다. 차 안은 어느 순간 고요해졌다. 모두 저마다 희망과 기대를 안고 차에 올랐을 것이다. 차는 계속 달렸고 밤도 그렇게 깊어 갔다.

잠깐 잠이 들었을까. 기사 아저씨 목소리가 들려온다. 곧 종착지에 도착한다는 안내 방송이다. 잠시 후 차 안에 불이 켜졌다. 차 안이 분주해졌다. 입 크게 벌려 하품하는 사람, 두 팔을 들어 기지개 켜는 사람, 짐칸에 있는 배낭을 내리는 사람. 차갑고 어두운 창밖을 보니 갑자기 서글픈 마음이 몰려왔다. 산에 가고 싶었던 마음은 없어지고 따뜻한 이불속이 그리웠다.

깜깜한 공터에 차가 멈췄다. 주차장도 아니고 길은 비포장 흙바닥이었다. 공사 현장 같은 곳에 사람들이 하나둘 차에서 내린다. 우리도 옷을 여미고 차에서 내려 산행 준비를 했다. 무박 산행. 태어나서 처음 경험하는 일이었다.

새벽 2시 30분. 사람들이 가는 쪽으로 우리도 걸음을 옮긴다. 저 어딘가에 있을 소백산을 향하여 어둠 속으로 들어갔다. 공터를 지나자 좁은 길이 시작되었다. 한 사람 지나갈 수 있는 길이다. 조금 걷다 보니 서서히 오르막길이 시작되었다. 바닥에 눈이 보였다. 깜깜한 새벽에 만난 눈은 우리가 바라던 반가운 눈이 아니었다. 이름으로 다가온 눈이었다. 아이젠을 발에 끼우고 스패츠를 착용했다.

얼마 걷지 않았는데 배가 고프다. 배낭에 있는 김밥을 먹고 가기로 했다. 출발하기 전 부산시민회관 근처에서 구매한 것인데 벌써 딱딱하다. 몇 시간 사이 차갑게 변해 있었다. 맛이 제대로 나지 않았다. 억지로 몇 개를 집어 먹었다. 일행 중 한 남자가 보온병에서 따뜻한 물을 건네준다. 구세주를 만난 기분이었다. 따뜻한 물 한 모금 마셨는데 몸에 열기가 올라오는 것 같았다.

겨울 산행에 대해 아무것도 몰랐다. 보온병에 따뜻한 물을 준비해야 한다는 생각을 하지 못했다. 하얀 눈을 두 눈으로 직접 본다는 생각, 멋지게 떠오르는 아침 해를 본다는 생각에 기분만 들떠 있었다. 겨울 산행 경험이 전혀 없었다. 다녀온 사람의 이야기를 듣지 못했다. 정보를 쉽게 얻을 수 없었던 시절이기도 했다.

산 위로 올라갈수록 눈이 점점 더 많이 쌓여 있었다. 앞선 발자국을 따라갔지만, 무릎까지 눈구덩이에 푹푹 빠졌다. 발걸음이 떨어지지 않았다. 한 발 내디디기에도 진땀이 났다. 힘들어 잠시 쉬다 보면 금방 추위가 몰려왔다. 걸음은 더뎌졌고 숨은 계속 가빴다. 다들 먼저 올라갔는지 다른 일행은 보이지 않았다. 걷고 쉬어가기를 얼마나 많이 했을까. 조금씩 날이 밝아오고 있었다.

어쩌다 보니 정상에 도착했다. 해는 아직 30분 정도 더 있어야 떠오른다고 한다. 바람을 피해 기다려 보았지만 시간은 더디게 지나갔다. 몸의 열기는 금방 식었고 한기가 몰려왔다. 추위를 떨치기 위해 움직이며 왔다 갔다 했지만, 몸은 계속 덜덜 떨렸다. 세찬 바람이 불어왔다. 하늘엔 먹구름만 가득했다. 끝내 해는 나타나지 않았다.

젊은 호기로 시작한 소백산 산행이었다. 춥고 배고팠던 기억을 아직 잊지 못한다. 정상에서 해를 기다리는 동안 몸을 달달 떨었던 그날, 태어나서 처음 느껴보는 추위를 겪었다. 내 의지와 상관없이 이빨이 부딪혀 딱딱 소리가 나기도 했다. 제자리에서 뛰기도 하고 계속 발을 움직였지만, 추위는 없어지지 않았다. 오로지 따뜻한 방안이 그리웠을 뿐.

그날 이후 나는 겨울 일출 산행을 가지 않는다. 강원도는 더더욱 피한다. 눈 쌓인 겨울 산의 낭만을 생각했는데, 잠도 제대로 자지 못했고 추위에 떨었던 기억밖에 없다. 우리가 산에 가는 목적이 무엇인가.

즐겁고 행복하기 위해서 아닌가. 무박으로 갔던 소백산은 즐거움이 없었다. 추위와 고통만 있었다. 모두 산행 초보였고 안전과 보온을 위해 제대로 준비를 하지 못했다. 한마디로 악몽 같은 날이었다.

2023년 12월 31일. 밤 열시. 친구 세 명이 야간 버스를 타고 새해 일출을 보기 위해, 태백산으로 출발했다. 말리고 싶었지만, 새해 첫날 일출을 기대하며 들떠 있는 친구들에게 차마 말을 하지 못했다. 각오 단단히 하고 가라, 옷은 무조건 따뜻하게 준비하라, 안전하게 산행하고 오라는 말을 전했을 뿐이다. 다음 날 오전 산악회 밴드에 태백산 산행기가 올라왔다. 구름 때문에 일출은 아예 없었다고 했다. 상구는 세상에서 그런 추위는 처음이었다며 얼어 죽지 않아 다행이라고 했다. 경숙이도 생애 처음으로 시도한 새벽 일출 산행을 단단히 경험했다고 한다. 성수가 준비한 비닐 텐트 안에서 따뜻한 어묵국 한 그릇 먹고 얼었던 몸이 그나마 조금 녹았다고 했다. 성수 덕분에 죽지 않고 살아났다고 했다. 30년 전 내 상황과 똑같았다.

떠나기 전 고생될 것이라고 여러 번 말했지만, 정작 본인들은 새해 일출을 기대하고 원했다. 성스러운 태백산 정상에서 새해 첫날의 찬란한 해를 맞이할 꿈에 부풀어 있었다. 자연의 일은 우리가 예측할 수 없다. 상구와 경숙이는 이제 겨울 새벽 산행의 맛이 어떻다는 것을 알게 되었다. 그 호된 맛을 누군가에게 전해줄 수 있을 것이다. 경험이 많았던 성수는 바람막이 비닐 텐트를 준비했기에 그나마 추위를 덜 느꼈다고 한다. 태백산 일출 산행 이후, 상구는 방한용품을 단단히 준비했다고 한다. 이제 영하 20도에도 두렵지 않다며 "하하하." 하고 크게 웃는다. 자신감에 찬 목소리다. 철저한 준비는 용기와 여유를 준다.

죽을 것 같이 힘들었던 그 옛날 소백산 산행이 어제 일처럼 선명하다. 다른 사람이 겪은 것은 진짜가 아니다. 내가 직접 경험해야 내 것이 된다. 많은 시행착오를 겪으면서 우리는 앞으로 나아간다. 겨울 산행은 준비가 전부다.

4.

한라산에 오르다

    시골에서 태어나고 자랐다. 우리 집은 마을 앞 큰길에서 골목 안으로 100m 정도 더 들어가야 한다. 큰길은 면 소재지로 이어지는 길이다. 윗동네 사람들이 시장에 가거나 시내 볼일 보러 갈 때 지나는 길이기도 하다. 동네 앞 큰길은 시냇물과 거의 평행으로 이어진다. 골목은 어린 시절 주 놀이터였고 나의 세상이었다. 골목 앞 큰길은 더 넓은 놀이 장소였고 더 큰 세상이었다. 마을 앞 시냇물은 내게 큰 강이었다. 어른이 되어 고향을 찾았을 때, 그곳은 좁은 세상이 되어 있었다. 누군가 마법을 부려 그곳을 아주 작은 공간으로 만들어 놓았다.

    밀양시에 있는 여고를 졸업하고 부산에 있는 대학에 진학했다. 전문 직업인을 양성하는 3년제 간호대학이다. 그럼에도 당시 선배들은 학과에 대한 자긍심이 대단했다. 갓 입학한 우리들을 모아놓고 단단히 일렀다. 미팅은 부산대학과 동아대학 법대 이상만 가능하다고. 그 외 다른 학교는 미팅 불가이고, 사귀지도 말라며 우리에게 교육했다. 내가 대학 다닌 80년대는 법대가 인기 있었고 공부를 잘해야 진학할 수 있는 학과였다. 3학년 선배들은 하늘같았고, 그런 카리스마가 그저 멋있었다. 지금 생각하면 참으로 우습지만, 우리는 선배들이 시키는 대로 하는 것이 스스로 긍지를 높이는 방법이라 생각했다.

졸업여행을 제주도로 가게 되었다. 마음이 들떴다. 제주도는 처음이었고, 비행기도 태어나서 처음 타게 되었다. 그렇게 대학은 나에게 새로운 세상을 알게 했다. 제주도 졸업여행 2일 차에 한라산에 올랐다. 관광버스가 평원 같은 곳에 우리를 내려주었다. 산에 대해서 아무것도 몰랐고 관심도 없었다. 내 인생 첫 산행이었다. 걸어도 걸어도 끝이 없는 길이었다. 그렇게 긴 거리를 걸었던 것은 처음이었다. 몇 걸음 걷다가 쉬고, 또다시 힘내어 걷기를 반복했다. 친구들은 모두 문제없이 걷는 것 같았다. 내 발걸음은 무겁기만 했다. 떨어지지 않았다. 길가에 주저앉기도 여러 번 했다. 한계가 왔다. 시련이었고 극심한 고통이었다. 중도에 포기하고 되돌아 내려가고 싶었다. 그럼에도 가야만 했다.

정상이 가까워질수록 바람이 거세게 불어왔고 비도 흩날렸다. 강풍에 작은 돌멩이가 날아와 얼굴을 때렸다. 정상석이 제대로 없던 시절이었다. 백록담 꼭대기에 올랐지만 세찬 바람에 오래 서 있을 수 없었다. 사진 한 장 겨우 남기고 우리는 바람에 도망치듯 산에서 내려왔다.

사진첩에서 오래된 사진 한 장을 꺼내본다. 백록담 안으로 들어가 경사진 곳에서 사진을 찍었다. 백록담 출입이 가능한 시절이었다.

단체 산행이 아니었다면 중도에 포기했을 것이다. 다시 생각해 봐도 그 높은 산에 어떻게 올라갔는지 모르겠다. 죽을 것 같이 힘들었는데, 결국은 정상에 올라섰다. 함께했던 친구들이 있어 가능했다. 혼자라면 올라가지 못했을 것이다. 그렇게 힘들었던 산행을 이젠 오히려 열렬히 즐기고 좋아하는 사람이 되었으니, 세상은 알다가도 모를 일이다. 그 후 친구들과 지리산, 가야산, 설악산에 올랐고, 지금은 매주 산에 오르는 자칭 전문 산악인이 되었다.

2022년 6월. 친구들과 한라산 윗세오름에 올랐다. 남벽 분기점까지 갔다가 어리목으로 내려오는 코스다. 영실 주차장에서 출발했다. 아름드리 소나무 숲을 지나니 편안한 나무 데크길이 이어졌다. 얼마간 걷다 보면 본격적인 오르막이 시작된다. 가파른 계단을 오르다 보면 오른쪽으로 영실 기암이 얼굴을 내민다. 감탄사가 저절로 나온다. 대자연을 직접 대면해 느끼는 감동은 등산의 가장 큰 묘미다.

가파른 나무 계단이 계속 이어진다. 마음을 다잡아야 한다. 숨소리가 자꾸 커지는 곳이다. 식식대며 한 계단 한 계단 올라간다. 가파른 길을 오르다 잠시 숨을 돌린다. 저 멀리 바다로 이어지는 한라산 줄기가 눈에 들어온다. 구름이 몰려왔다가 흩어지는 모습을 바로 눈앞에서 볼 수 있다. 수시로 변하는 하늘의 구름과 바람, 그리고 햇살을 온몸으로 마주하는 것은 산행의 덤이다.

영실 기암을 지나 더 높은 곳에 이르면 또 다른 나무 데크길이 시작된다. 숲길로 이어진다. 함박꽃나무, 병꽃나무, 구상나무의 멋스러움을 구경하느라 발걸음은 더디다. 나무 숲길이 끝날 즈음 드넓은 평원이 펼쳐진다. 저 멀리 거대한 바위 봉우리가 불쑥 얼굴을 내민다. 갑자기 나타난 다른 세상에 눈을 번쩍 뜨게 되는 곳이다. 백록담 봉우리를 눈앞에서 만나다니, 믿기 어려운 광경이다. 우주의 다른 별나라에 와있는 기분이랄까. 특별한 기운에 사로잡혀 그 자리에 한참을 서 있게 된다.

백록담 봉우리로 이어지는 평탄한 나무 데크길을 따라 걸음을 옮긴다. 힘들었던 발걸음이 신이 난다. 선작지왓에 철쭉이 활짝 피어있다. 분홍 꽃 천지다. 1,700m 고지에서 만난 뜻밖의 풍경에 가슴은 벅차다. 거대한 평원의 꽃바다를 마주하고 있으니 기쁨이 넘쳤다. '왜 지금까지 이 경치를 모르고 살았을까' 하는 생각이 올라왔다. 철쭉과 백록담 봉우리를 하루 종일 바라보고 있어도 좋을 것 같았다. 세상을 다 가진 기분이었다.

윗세오름 대피소에 도착했다. 6월이지만 햇볕이 따갑지 않았다. 높은 고도 때문인지 시원한 바람이 불었다. 컵라면과 김밥으로 점심을 먹고 한라산의 바람과 햇볕을 쬐며 한참을 쉬었다.

윗세오름 표지석을 지나 남벽 분기점을 향해 걸음을 옮겼다. 울퉁불퉁 돌길이 다시 시작되었다. 작은 나무다리를 건너자, 백록담 남벽이 눈앞으로 가까이 다가왔다. 길가 구상나무 새순과 붉은 열매를 보니 그저 사랑스럽다. 백록담 봉우리 왼쪽으로 넓은 평원이 펼쳐져 있다. 이전에는 넓은 평원 쪽으로 백록담에 오르는 길이 있었다고 한다. 지금은 나무 막대로 막아 출입 금지 표시를 해놓았다. 백록담으로 올라가는 저 길이 언젠가는 열리겠지. 저곳으로 백록담 정상에 올라갈 날이 빨리 오길 고대하며 계속 걸음을 옮긴다.

백록담 봉우리 모습이 계속 바뀌고 있다. 용암이 흘러내린 거친 사면이 자세히 보인다. 인간의 손이 닿지 않은 자연 그대로의 모습, 거대한 자연 앞에 경외심이 절로 든다.

남벽 분기점에 이르렀다. 한쪽에 남벽 대피소가 아담하게 자리하고 있다. 대피소 옆은 돈내코로 내려가는 길이다. 우리는 윗세오름으로 되돌아가 어리목으로 하산했다.

윗세오름은 한라산의 또 다른 모습이다.

산에 오르는 건 내게 어떤 의미인가. 나의 두 발로 묵묵히 걸어서 올라야 한다. 결국 혼자 힘으로 정상에 서야 한다. 누구든 끝까지 간다면 정상에서 땀과 고통과 인내를 보상받을 수 있다. 시원한 바람, 멋

진 풍경, 백록담의 웅장함, 해냈다는 성취감, 함께한 이들과의 연대
감, 무슨 일이든 할 수 있다는 자신감…….

나의 우주는 이제 집 앞 골목에서 더 높고 넓어졌다.

내 인생 하늘에 또 다른 별 하나가 생겼다. 경험은 나의 우주를 높
게, 넓게 만들어 준다.

5.

다시, 지리산

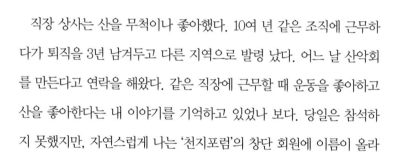

　직장 상사는 산을 무척이나 좋아했다. 10여 년 같은 조직에 근무하다가 퇴직을 3년 남겨두고 다른 지역으로 발령 났다. 어느 날 산악회를 만든다고 연락을 해왔다. 같은 직장에 근무할 때 운동을 좋아하고 산을 좋아한다는 내 이야기를 기억하고 있었나 보다. 당일은 참석하지 못했지만, 자연스럽게 나는 '천지포럼'의 창단 회원에 이름이 올라갔다.

　매월 둘째 주 토요일 정기산행을 했다. 아이들을 키우고 직장생활로 바빠 계속 참석하지 못했다. 그렇게 몇 달이 흘렀을까. 어느 날, 지리산에 간다는 문자가 왔다. 갑자기 지리산이라는 단어에 가슴이 두근거렸다. 망설일 이유가 없었다. 가겠다고 답했다.

　그날이 다가오고 있었다. 준비를 해야만 했다. 지리산은 동네 산처럼 그냥 오를 수 있는 산이 아니다. 그동안 산에 제대로 다니지 못했다. 걷기를 열심히 하고 근처 산에 오르면서 몸과 마음의 준비를 했다. 함양 백무동에서 출발하여 장터목대피소를 지나 천왕봉을 오른후 중산리로 하산하는 코스라고 했다. 하루 만에 다녀와야 한다. 나를 위하여 타인을 위하여 단단히 준비해야만 했다. 설렘과 두려운 마음이 내 속에 동시에 자리했다.

지리산을 좋아하고 마음에 담게 된 것은 대학 때 지리산을 다녀온이후부터다. 조정래 작가의 『태백산맥』이 출간되는 걸 손꼽아 기다리며 읽었던 기억, 이병주의 『지리산』, 이태의 『남부군』 같은 책을 읽으며지리산을 조금 더 알게 되었다. '지리산'에 관한 말만 들어도 설렜던시절이었다.

잊고 살았던 지리산 생각에 가슴이 뛰었다. 당시 친구들과 올랐던지리산 기억이 어제 일처럼 떠올랐다. 20대 꿈 많았던 시절로 되돌아간 기분이었다. 단 한 번 다녀온 지리산 기억이 마음 깊은 곳에 자리잡고 있었다. '천지포럼'에서 간다고 하니 기회를 놓치고 싶지 않았다.지리산 생각에 매일 마음이 들떠 있었다. 절반의 걱정과 절반의 설렘으로 시간이 흘러갔다.

새벽부터 하늘은 흐렸고 곧 비가 내릴 것 같았다. 부산에서 출발한15인승 버스가 내가 사는 김해에 들렀다가 다시 고속도로에 진입하였다. 오전 10시, 함양 백무동 주차장에 도착했다. 모두 6명이었다.

7월 중순. 날씨는 후덥지근했고 습도가 높았다. 등산화 끈을 확인하고 배낭을 단단히 몸에 맞추고, 모자와 장갑을 챙겼다. 두근거리는 마음으로 지리산으로 발걸음을 옮겼다.

빗방울이 조금씩 떨어지기 시작한다. 세상이 하얗게 변하고 있다. 안개였다. 사방 20m가량 보이는 것이 전부였다. 20년 만에 지리산을 찾았는데, 도리가 없었다.

얼마나 걸었을까. 함께 출발했던 회원 한 명이 보이지 않는다. 선두에 다섯 명이 함께 했다. 가장 연장자인 여성 회원 한 명이 후미에 쳐졌다. 걱정스러웠지만, 회장은 우리 페이스대로 진행하면 알아서 따라온다고 말한다. 이전에 한라산에 함께 다녀온 회원이라며, 조금 늦을 뿐이라며 전적으로 신뢰하고 있었다. 우리가 후미 그룹에 페이스를 맞추면 모두 느려지고 하산할 때 더 늦어져 힘들어진다고 했다.

산에 오를 때 나는 선두그룹에 서는 것을 선호한다. 의도적으로 빨리 걸어 선두에 서곤 한다. 산행을 조금이나마 덜 힘들게 하는 나만의 방법이다. 후미에서 걷다 보니 앞선 사람들을 따라가야 한다는 조바심이 들어 더 많이 지치고 힘이 들기 때문이다.

쉬고 있는 동안 후미에 쳐졌던 회원이 도착했다. 잠시 후, 쉬었다가 오라는 말을 남기고 선두그룹이 먼저 출발했다. 냉정한 결정이었다. 하지만 결국 산은 혼자 올라야 한다. 대신 걸어줄 수 없다. 힘들다고 투정하지 못한다. 혼자서 한 발 한 발 가야만 한다. 후미에서 혼자 따라오는 그 사람을 보며 평정심과 용기가 대단하다는 생각이 들었다. 끝에서 혼자 걸으면 더 힘들고 재미도 없을 것인데, 의외로 표정이 밝다. 먼저 가고 있으면 천천히 따라가겠다고 한다. 조급함이 보이지 않았다. 만약 내가 저 사람 입장이라면 나는 과연 저런 표정 할 수 있을까. 자신의 페이스를 본인이 알고 있다는 것이다. 묵묵히 자기의 속도대로 걷는 그 회원이 진짜 산꾼같이 느껴졌다.

산행은 생각보다 더뎠다. 지리산은 너덜 길이 많다. 비가 내려 미끄럽기까지 하다. 조심해야만 한다. 무엇보다 안전이 우선이다. 하산길이 어두우면 더 힘들고 위험하다. 어둡기 전에 산행을 완료해야 한다는 회장 요청에 따라야 한다. 오락가락하는 비에 우의를 입고 벗기를 반복했다. 몸은 뜨거웠다. 그렇다고 내리는 비를 계속 맞고 걸을 수는 없었다.

흙길이 잠시 나왔지만 질퍽거린다. 이내 돌투성이 거친 길이 이어졌다. 자신과의 싸움이다. 누구에게 힘들다는 말을 하지 못한다. 스스로 이겨내야 한다. 우리나라에서 두 번째로 높은 산이다. 지리산 천왕봉을 쉬이 오른다면 반칙 아니겠는가. 땀과 고통을 견딘 사람에게 허락되는 곳 아니든가.

장터목대피소에 도착했다. 나무 의자에 앉아 가쁜 숨을 돌렸다. 시간은 여지없이 흘렀다. 더 이상 머뭇거릴 수 없었다. 마지막 고비가 남아있다. 다시 부지런히 올라가야만 했다.

오후 4시. 드디어 정상에 섰다. 대한민국 지리산 천왕봉이다. 1,915m. 한국인의 기상이 발원되는 곳. 앞으로 영원히 지속될 곳. 안개에 덮여 지리산 기운을 제대로 느낄 수 없었지만, 몸과 마음은 벅차고 뿌듯했다. 정상 바위 아래 넓은 곳에 자리를 잡아 축하주를 한잔했다. 비와 안개를 뚫고 정상에 오른 회원들과 기쁨을 나눴다. 빠르게 자리를 정리하고 하산을 서둘렀다.

중산리로 내려가는 길은 거칠고 가팔랐다. 미끄러워 빨리 걸을 수 없다. 시간을 들여 천천히 내려가는 방법뿐이다. 돌계단을 신중하게 한 발 한 발 디뎌 내려간다. 끝이 없는 길 같이 느껴졌다. 인내심을 가지고 계속 걸었다. 어느새 산속에 어둠이 몰려오고 있었다. 플래시를 꺼냈다. 저녁 7시가 지나고 있다. 다리는 힘이 풀려 자꾸 주저앉아진다. 아직 내 뒤에 한 사람이 내려오고 있다. 천천히 내려가자, 서두르지 않기로 계속 마음을 달래며 눈앞의 걸음에 집중했다. 조심 또 조심해서 걷는 것이 내가 할 일 전부였다.

어느 순간 상가 불빛이 보였다. 안도의 한숨이 나왔다. 드디어 끝이다. 눈시울이 뜨거워졌다. 지리산을 하루 만에 정복했다. 내 생애 두 번째 지리산에 오른 날이었다.

20대에 올랐던 지리산을, 나이 40이 넘어 다시 찾았다. 20대엔 햇볕 쨍한 날이었지만, 오늘은 비 내리고 안개 자욱한 날이다. 거칠고 미끄러운 길을 힘들게 올랐다. 고통스러웠지만 한 발짝 한 발짝 걸어서 정상에 섰다. 풍광을 제대로 볼 수 없었지만, 포기하지 않고 정상에 올랐다는 사실이 중요했다.

하루 만에 지리산에 오를 것이라고 꿈꾸지 못했다. 혼자였다면 감히 시도하지 못했을 것이다. '함께'의 힘은 위대했다.

낯설고 새로운 선택 앞에서 망설였던 경우 많았다. 내 삶에 마주친 일이라면 하루라도 빨리 낯선 환경을 대면해 보자. 그 선택에 실패가 있더라도, 용기 그 자체로 아름다운 일 아닐까. 도전과 시도가 모여 우리 인생은 더 익어가고 성장해 가는 것이리라.

6.

세상은 연결되어 있다

축서암 아래 지산마을 주차장에서 출발했다. 축서암은 통도사의 작은 암자다. 암자 주위에는 양팔로 안아도 둘레가 남을 정도의, 굵은 수령의 소나무가 많다. 누구라도 그 숲에 들면 소나무의 멋진 기운을 느낄 수 있는 곳이다. 솔향기를 맡으며 천천히 숲길을 걸었다. 좁은 오르막길이 이어진다. 한 발 한 발 가파른 길을 계속 올랐다. 경사는 오를수록 더 심하다. 숨은 계속 가빠지고 턱밑까지 차오른다. 몸은 점점 뜨거워지고 옷은 벌써 땀으로 다 젖었다.

산을 오르며 생각한다. '이렇게 힘들고 고통스러운 산행을 왜 하는 걸까?' 힘들게 일하며 한 주일을 보내고 주말에 또 높은 산에 오르는 이유가 무엇일까. 오래전에 읽었던 책 『즐거움은 지혜보다 똑똑합니다』가 갑자기 떠올랐다. 힘들고 고통스러운 순간을 만나도 즐거움 때문이리라. 내가 산을 오르는 이유는 지혜를 얻기 위함이 아니다. 즐겁고 행복하기 때문이다. 오늘도 즐거움은 나를 움직이게 하는 동력이 된다.

사람들이 거의 없다. 대형 태풍은 일본 쪽으로 방향을 돌렸다. 태풍 때문일까. 우리나라에도 여느 때보다 바람이 세차게 불었다.

쏴아아 쏴아아. 고개 들어 하늘 위를 올려다보니 키 큰 소나무가 바람에 흔들리고 있다. 바닥에는 굵은 소나무 하나가 뿌리째 넘어져 길을 가로막고 있다. 길 위에는 솔잎이 가득히 쌓여있어 미끄럽기까지 하다. 넘어지지 않게 발바닥에 힘을 주며 오르막을 계속 올랐다.

취서산장에 도착했다. 영축산에 오를 때마다 늘 방앗간 같은 곳이다. 태풍 때문일까. 산장 문은 굳게 잠겨있다. 아무도 없는 산장 마당에 서서 가쁜 숨을 돌린다. 발아래 확 트인 풍광은 언제나 시원스럽다. 마을과 들판, 저 멀리 1번 고속도로가 한눈에 들어온다. 산장 빨랫줄에 매달린 색색의 산악회 시그널이 바람에 팔락인다.

다시 힘내어 정상으로 향한다. 길은 더욱 가파르다. 언제나 꼭대기로 가는 길은 인내를 요구한다. 자신과의 싸움이다. 한 발 한 발 오르다 보니 어느덧 영축산 꼭대기에 도착했다.

서 있기 힘들 정도의 역대급 바람이다. 모자 끈과 머리카락이 내 얼굴을 때린다. 통증이 느껴질 정도다. 나도 모르게 몸이 앞으로 밀려나갔다. 짜릿한 기분이 들다가도 한편으로 무섭기까지 하다. 머리가 아플 정도로 바람 맞으며, 하늘 억새 길을 걸었다. 신불재를 지나 '건암사'로 하산했다. 설악산 울산바위 다음으로 바람의 위력을 느낀 날이다. 블로그에 올렸던 산행기 내용이다.

2019년 블로그를 시작했다. '카카오스토리'에 일상을 기록하고 있었기에 블로그는 늦게 입문했다. 영축산 산행기를 올렸다. 어쩌다 미국 캘리포니아에 거주하는 사람에게 닿았다. 미국으로 이민 간 지 30년이 넘었다는 사람이다. 댓글이 달렸다.

"한국 방문하게 되면 꼭 가보고 싶은 곳이네요."

한국에 오시면 꼭 한 번 다녀가라는 답글을 남겼다. 안내가 필요하다면 해주겠다는 말까지 덧붙였다. 그 무렵 나는 영남알프스에 푹 빠져 있었기에 누구든지 기꺼이 안내하고 싶었고, 누구보다 잘할 자신이 있었다. 진심이었다.

얼마간의 시간이 흘렀다. 블로그 친구가 한국에 온다는 것이다. 업무차 홍콩에 머물고 있는데, 며칠 후 한국으로 들어온다며 블로그 댓글로 소식을 전해왔다. 설마가 현실이 되었고 그 현실이 이렇게 빨리 올 줄 몰랐다. 당황스러웠다. 며칠 뒤 김해 시외버스터미널에서 만났다. 블로그에서 봤던 이미지 그대로였다. 온라인에서 알았던 사람을 실제 만나니 마음이 이상했다.

하루 휴가를 냈다. 저 멀리 미국에서 온 사람에게 영남알프스 1일

가이드를 자처한 것이다. 한국을 떠나 미국에서 30년 살았던 남자에게 영남알프스의 매력을 보여 주고 싶었다. 그 사람은 등산복 차림이 아니었고 일상복을 입고 있었다. 땀 흘리며 높은 산에 오르기에 무리라는 결론을 내렸다. 힘들게 산행하지 않아도 영남알프스의 매력을 충분히 느낄 수 있는 곳, 간월재와 간월산에 가야겠다고 생각했다.

울주로 향했다. 바람이 불어오는 곳 그곳으로 가네. 김광석 노래가 흘러나왔다. 어색할까 봐 미리 준비한 음악이었다. 그도 알고 있는 노래인지 입으로 흥얼거린다.

한 시간을 달려 배내골 사슴농장 주차장에 도착했다. 평일이라 차가 몇 대 없었다.

11월 하순. 막바지 가을이었다. 미국에서 날아온 남자를 위하여 내 시간을 기꺼이 내었다. 내가 좋아하는 영남알프스를 보여 주고 싶었고 알리고 싶었다. 내가 원한 일이었다. 하늘은 잿빛이었고 산에는 안개가 자욱했다. 한국의 영남알프스를 온전히 보여 주고 싶었는데 안타까운 마음이 올라왔다.

평일 오전 사무실에 있을 시간, 배내골에서 간월재 가는 길을 걷고 있어 내 마음이 들떴다. 미국에서 온 남자 때문이 아니었다. 온전히 영남알프스를 걷는 시간, 그 순간이 그냥 행복했다. 코끝으로 마른풀 내음이 향긋하게 전해졌다. 사방에 가득한 안개가 묘한 분위기를 만들었다.

천천히 길을 걸었다. 나란히 걷다가 혼자 앞서서 걸었다. 뒤돌아보니 열심히 사진을 찍고 있다. 사진 찍는 것이 취미인 그 남자는 안개 속 풍경을 담느라 걸음이 계속 늦었다. 자연은 똑같은 날이 없다. 그냥 보기에 별반 다를 게 없는 날이지만 알고 보면 다 다른 날이다. 공기가 다르고 햇볕이 다르고 구름이 다르다. 매번 자연은 우리에게 다른 모습을 보여 준다. 같은 곳인데 그날따라 완전히 다른 곳처럼 느껴졌다.

길모퉁이가 나왔다. 나무 의자에 배낭을 내렸다. 사과 한 조각을 나눠 먹으며 잠시 쉬었다. 미국 남자도 안개 낀 날이 싫지 않은지, 운치 있고 나름 좋다는 말을 건넨다.

다시 길을 걸었다. 여전히 사방은 안개다. 어느새 간월재에 도착했다. 휴게소가 보이고 돌탑이 안개 속에 모습을 드러냈다. 억새밭 사이에 놓여있는 나무 데크길을 걸었다. 돌탑 뒤쪽을 한 바퀴 돌아 간월재 휴게소에 들어갔다. 커피를 한잔하며 잠시 시간을 보냈다. 창밖은 계속 안개 세상이다.

수만 리 떨어진 미국에서 한국에 왔고, 서울에서 김해까지 왔다. 김해에서 다시 배내골까지, 배내골 주차장에서 두 시간 넘게 걸어 여기 간월재까지 왔다.

아무것도 보이지 않았다. 간월산에 오르고 싶었지만 가지 않기로 했다. 나는 등산화를 신었지만 그 남자는 운동화를 신었다. 간월산 정상 근처는 온통 바위다. 미끄러워 자칫 안전사고라도 나면 큰일이다. 주변 분위기와 풍경을 온전히 보여 줄 수 없어 아쉬웠지만, 어쩔 도리가 없었다.

걸어왔던 길을 되돌아 나갔다. 이렇게 안개 자욱한 날은 생애 처음이었다. 머나먼 미국에서 한국에 온 사람과 길을 걸었다. 현실이 아닌 것 같았다. 블로그에 영남알프스 산행기를 올리게 된 것이 끈이 되었다. 미국에서 30년 살았던 사람에게 닿았다. 산행기를 올릴 때 전혀 예상하지 않았다. 우리 미래는 예측할 수 없는 일로 가득하다. 세상은 연결되어 있다. 어디로 어떻게 연결이 될지는 아무도 모른다.

7.

반야봉 산행 덕분에

반야봉은 지리산 제2봉우리다. 전북 남원시 산내면과 전남 구례군 산동면 사이에 있다. 늘 마음에 품고 있던 그곳이 오늘 목적지다. 남원 뱀사골에서 반야봉으로 올라가는 길이 있지만 수많은 계단과 가파른 오르막길로 체력 소모가 많은 코스다. 조금 수월한 성삼재에서 출발하여 노고단으로 가는 길을 택했다.

성삼재는 전라남도 구례군 산동면 좌사리와 구례군 광의면 사이 위치한 백두대간 고개이다. 지리산 능선 서쪽 끝에 있다. 노고단 (1,507m)은 천왕봉(1,915m), 반야봉(1,734m)과 함께 지리산 3대 봉우리 중 한 곳이다.

오전 6시. 김해 집에서 출발했다. 남해 고속도로 진주에서 대전통영 고속도로에 접어드니 산의 기세가 다르다. 일상에서 보아왔던 산 높이가 아니다. 벌써 지리산 기운이 전해오는 것 같아 가슴이 콩닥거렸다. 세 시간 가까이 달려 성삼재에 도착했다. 반야봉까지 8.1km. 제법 먼 길을 걸어야 하기에 마음을 단단히 먹는다. 체력 안배도 잘해야만 한다. 천천히 가자는 마음으로 한 걸음 한 걸음 노고단으로 발걸음을 옮긴다.

한 시간 걸려 노고단 고개에 올라섰다. 지리산 종주로 향하는 길 앞이다. 얼마나 걷고 싶었던 길이든가. '천왕봉으로 가는 길. 25.5km' 팻말 앞에 섰다. 오늘 목적지는 천왕봉이 아니지만, 한 번도 밟아보지 않은 길 앞에 서니 가슴이 뛰었다. 조심스럽게 한 발을 내어 디뎠다. 험할 것이라고 막연히 생각했었는데 길은 평탄했다. 발걸음이 가벼워 입꼬리가 나도 모르게 올라간다.

한참을 걷다 보니 단풍나무 한 그루가 길을 환히 밝혀주고 있다. 핏빛이다. 어디서 이 붉은색이 왔을까. 지리산 단풍이라 다르게 보이고 신기하기까지 했다. 단풍나무 아래에 서니 내 얼굴도 단풍빛으로 물드는 것 같았다.

돌길이 이어지더니 다시 흙길이다. 오르막길이 끝나니 내리막길이 나왔다. 잠시 쉬었다가 다시 걸음을 옮긴다. 숨이 차 자주 멈추어 쉬었다. 첩첩이 이어진 산녀울을 수시로 멈춰 바라보았다. 그저 좋아서, 길고 깊은 호흡이 계속 나왔다. 간혹 만나는 행인들과 인사를 주고받았다. 앞지르기를 하고 때론 다른 사람들이 앞질러 나아가기도 했다.

'돼지령'을 지나고 '피아골' 삼거리를 지나 '임걸령'에 이르렀다. 지리산에서 물맛이 가장 좋은 곳이라고 한다. 물 한 바가지 받아서 마신다. 땀 흘린 후 마시는 물은 언제나 달고 맛있다. 물통에 임걸령 샘물로 가득 채웠다.

새벽 일찍 일어났고 세 시간 차를 타고 왔는데 오늘따라 기운이 난다. 내가 꿈꾸던 곳에 와서일까. 신이 났다. 발걸음은 앞으로 쑥쑥 나아갔다. '노루목'에 도착했다. 왼쪽으로 오르막길을 1km 올라가면 반야봉이다. 바로 이어지는 길은 지리산 천왕봉으로 가는 길이다. 길 한쪽 옆에 배낭 세 개가 놓여 있다. 지리산 종주하는 사람 배낭일 것이다. 종주하는 사람들은 맨몸으로 반야봉에 올랐다가 되돌아와 다시 천왕봉으로 간다.

반야봉 오르는 길이 가파른 경사다. 마지막까지 힘내어 정상에 올라섰다. 오랫동안 꿈꾸던 곳이었기에 둥근 정상석이 유달리 반갑다. 멀지 않은 곳에 천왕봉이 보인다. 반야봉에서 눈앞에 천왕봉을 보게 되니 거대한 지리산이 더 친근하고 가깝게 다가온다. 반야봉 표지석 옆에 앉아 도시락을 먹고 쉬고 있었다. 바로 옆에 진주에서 왔다는 두 사람이 뱀사골로 하산한다는 이야기를 나누고 있다. 갑자기 그곳으로 가고 싶은 생각이 올라왔다. 시간을 확인하니 충분히 가능할 것 같았다. 잠시 고민했지만, 뱀사골 계곡으로 내려가기로 마음을 먹었다.

반야봉에서 노루목으로 다시 내려와 천왕봉 방향으로 계속 걷자, 삼도봉이 나왔다. 전남 전북 경남을 나타내는 경계석이다. 삼도봉을 지나 끝없이 이어지는 나무 계단을 걸어 '화개재'에 이르렀다.

반선(뱀사골)은 화개재에서 9.2km를 더 내려가야 한다. 뱀사골 계곡 방향으로 발걸음을 내디뎠다. 크고 작은 돌길이 이어졌다. 큰 돌멩이가 나왔다가 다시 울퉁불퉁한 작은 돌길이다. 무릎보호대는 이미 착용했다. 내리막길은 더 조심해야 한다. 두 다리만으로 걸을 수 없다. 온몸으로 걸어야만 한다. 체력을 이미 소진한 상태이기에 더 집중해야 한다. 가도 가도 끝이 없는 길이었다. 이렇게 긴 거리인 줄 몰랐다. 겁 없이 뱀사골 하산길을 택했다. 포장길이 아니고 산길이다. 9.2km 거리를 눈으로 확인했지만, 제대로 인식하지 못했다. 남아있는 한두 그루 단풍 빛에 잠시 기분 좋았지만, 큰 위로가 되지 못했다. 거칠고 험한 길이었다. 준비한 간식도 이미 동이 났다. 배도 고팠다. 쓰러지기 직전이었다. 마침내 반선 마을에 도달했다.

어둠이 몰려오고 있었다. 뱀사골 산채식당에 들어가 허기진 배를 채웠다. 성삼재로 되돌아가야 한다고 주인장에게 이야기하니 기꺼이 태워주겠다고 한다. 저녁을 배불리 먹고 식당 여주인의 도움으로 성삼재로 되돌아왔다. 반선 마을에서 25년간 식당을 했다는 여주인의 구수한 입담이 대단했다. 지리산 하늘 아래 첫 동네 '심원마을'이 모두 이주하였다는 이야기를 들려준다. 반선 마을에서 성삼재까지 고불고

불한 산길을, 얼마나 많이 다녔던 걸까. 그녀의 운전 실력에 또 한 번 감탄했다. 뱀사골 그녀의 삶이 반짝이길 바랐다.

성삼재에서 출발하여 노고단 고개에 올랐다. 돼지령, 임걸령을 지나고 노루목을 거쳐 반야봉 정상에 섰다. 삼도봉에 발자국을 남기고, 화개재에서 뱀사골 계곡으로 하산했다.

계획하지 않은 코스였다. 20km를 걸었다. 때로는 생각지도 않은 방향으로 흘러가는 것이 우리 인생이다. 완벽하게 계획을 세워 사는 사람도 있을 것이고, 특별한 계획 없이 그 순간에 맞추어 살아가는 사람도 있다. 옳고 그름의 문제가 아니다. 계획대로 사는 인생도 괜찮다. 계획을 벗어나 다른 길을 선택한다면 그 길에 또 최선을 다하면 된다.

뱀사골 하산을 택했다. 상상하지 못할 만큼 거칠고 험한 길이었다. 선택했기에 감당해야만 했다. 참고 이겨내어 마침내 끝 지점에 다다랐다. 고통을 이겨낸 사람은 안다. 힘들었던 그 시간이 나를 더 단단하게 한다는 것을. 더 강한 사람으로 만들어 준다는 것을.

내 체력은 한 계단 더 올라섰다. 반야봉 산행 덕분이었다.

8.

날마다 연대봉

　가덕도 작은 마을에서 10년 근무했다. 그곳을 떠나온 것도 근무했던 만큼 시간이 흘렀다. 밥 먹자고 불러주던 따뜻한 이웃, 매일 걸어 다녔던 골목, 노을 지던 바다, 자전거 타고 다녔던 방파제, 새벽에 들려오던 선박 엔진 소리, 파도 소리와 바다 내음. 지금도 사진처럼 생생하다. 제2의 고향처럼 그곳은 아직도 내 마음 깊숙이 자리하고 있다.

　연대봉은 가덕도의 가장 큰 산봉우리다. 부산 다대포와 하단 방향에서 바라보면 봉긋하게 솟은 바위가 한눈에 들어온다. 김해 양산의 산에 올라도 쉽게 찾을 수 있다.

　연대봉을 오를 때는 주로 '지양곡'에서 출발한다. 지양곡은 가덕도 대항마을과 천성마을을 이어주는 고개이다. 대항 세바지 마을을 지나 가덕도 둘레길을 걸어 '어음포곡'으로 연대봉에 오르는 길도 있다.

　산꼭대기 풍경은 수시로 바뀐다. 계절마다 다르게 다가오는 바람과 구름은 그곳을 늘 새로운 곳으로 만들어 주었다. 섬 산의 매력을 알고 나면 그 매력에 빠지지 않을 수 없다. 흐린 날은 흐린 날 대로 멋이 있고 화창한 날은 또 화창한 날의 맛이 있다. 같은 산에 올라도 풍경이 매번 다르기에 산에 오르는 일은 항상 새롭다.

어느 날 아침이었다. 아마 4월쯤으로 기억한다. 이른 아침 산에 올라 내려다본 바다는 온통 안개 세상이었다. 처음 보는 풍경이었다. 거제도가 하얀 구름 위에 작은 초록 삼각형 몇 개로 솟아 있었다. 다른 세상 같았다. 천상의 세계가 있다면 이런 광경일까.

산에 자주 오르는 동네 어르신에게 그 얘기를 했더니 "소장! 오늘 복 받은 날이여!" 한다.

그 이후 두 번 다시 그런 풍경을 볼 수 없었지만, 안개 낀 날이나 흐린 날이면 기대감으로 산에 올랐던 기억이 아직 남아 있다.

가덕도를 떠나온 지 2년쯤 지난 어느 날 친구와 연대봉을 찾았다. 맑은 하늘에 시원한 바람이 부는 봄날이었다. 떠나온 그곳으로 오랜만에 간다고 생각하니 괜스레 마음이 설렜다. 그곳에서 보냈던 수많은 시간이 아른거렸다. 내 인생의 여러 일이 있었던 곳이기에 눈시울이 뜨거워졌다.

보건진료소에 근무하며 주민의 건강을 돌보는 일을 하고 있다. 보건진료소는 병의원이 없는 농어촌에 '농어촌 특별조치법'으로 설치된 보건의료기관이다. 아픈 사람들이 찾아오면 간단한 처치와 몇 가지 약을 조제 해주는 일을 한다. 내가 근무했던 마을 사람들은 정이 많았고 인심도 좋았다. 맛있는 음식이 있는 날은 수시로 나를 불렀다. 제사 다음 날은 밥 먹으러 오라고 전화 주었고 나는 기꺼이 가서 함께 밥을 먹었다. 학교에 아이를 보내면서 학부모가 되었다. 섬에 근무하는 동안 나는 마을 사람들 안으로 들어갔다. 그 삶을 이해하고 공감하며 자연의 변화 속에 나도 그렇게 조금씩 철든 어른이 되어갔다.

섬에 근무하면서 입맛이 많이 바뀌었다. 먹거리는 얼마나 풍성했던가. 겨울엔 아귀와 대구, 봄에는 각종 해초와 해산물, 여름과 가을엔 또 다른 물고기를 맛볼 수 있는 곳이었다. 특히 태어나서 처음 먹어본 '서실' 맛에 완전히 매료되었다. 부드러운 식감이 좋았다. 입에 들어가면 금방 사르르 녹아 그냥 목으로 넘어가 버리는 바다 맛. 가느다란 실같이 생긴 부드러운 그 해초를 유난히 좋아했다.

진료소 바로 앞에 사는 할머니와 이웃사촌이었다. 일이 바쁘지 않고 한가할 땐 머리 염색도 해드리고, 할머니 집을 수시로 드나들며 밥을 얻어먹었다. 커피도 함께 마시며 친한 사이가 되었다.

어느 봄날 아침, 찬희(아들)야. 하고 부르는 소리에 창밖을 내다보니, "얼른 그릇 하나 가지고 온나."라고 한다. 큰 그릇 하나 챙겨서 나가니 넓은 양푼에 나물같이 보이는 것이 가득 들어 있다. 할머니 오른손은 양념이 벌겋게 묻어 있다. 서실에는 젓국이 들어가야 맛있다고 하며, 방금 무쳤다며 한 줌 집어 입에 넣어 준다.

"우와! 맛있네요. 이게 뭔가요?"

'서실'이라고 했다. 이맘때 바다에서 나는 것인데 지금 아니면 맛보기 힘들다고 한다. 한가득 집어서 그릇에 담아준다. 서실을 처음 알게 된 날이다. 그 이후 나는 동네에서 서실을 좋아하는 사람으로 소문이 났다. 서실은 봄철에 잠깐 맛볼 수 있는 해초다. 많이 나는 것이 아니기에 더 귀한 음식이었다. 서실을 채취하기 위해 누군가의 노고가 들어가야 한다. 데치고 다듬는 일에도 정성을 들여야 한다. 서실은 뜨거운 물에 오래 데치면 모양이 흐트러져 버린다. 세상 무슨 일이든 정성 없이 되는 일은 없다. 서실은 특히 더 그랬다. 서실 생각에 갑자기 입에 군침이 돈다.

연대봉에 자주 올랐다. 마을 뒷산이기에 수시로 오를 수 있었다. 어떤 날은 평일 점심시간을 이용하여 벼락같이 다녀오기도 했다. 지양곡 주차장에서 출발하여 빠르게 오르면 30분이면 정상에 닿는다. 뛰어 내려오면 15분 만에 가능했다. 틈 시간을 이용하여 올랐던 산바람은 더 시원하고 짜릿했다.

지나간 그 시절을 떠올리며 산으로 들었다. 오랜만에 연대봉 오르는 산길이 낯익고 반가웠다. 넓은 길을 따라 천천히 걸었다. 저만치 산불 감시초소 앞에 사람이 서 있다. 우리를 보더니 "산불 조심하세요."라며 말을 건넨다. 자세히 보니 아는 얼굴이다. 가까이 다가가 인사했더니 역시 나를 기억 하는 눈빛이다.

가덕도에 근무할 때 동네 주민 두 명과 함께 저녁을 먹고 노래방에 갔던 기억이 떠오른다. 이웃 마을에 제법 유명했던 '오리집'이 있었다. 특별한 식당이 없었던 때다. 당시 그 오리집은 꽤 이름이 났던 맛집이었다. 노래방 기기를 갖추고 있었다. 그날이 무슨 날인지 정확히 생각나지 않지만, 즐겁고 유쾌했던 날로 기억에 남아있다.

평생을 섬에서 바다와 함께 삶을 지속해 온 사람들. 다들 그만그만한 이야기와 사연 속에서 일상을 살아왔을 것이다. 아저씨 부인은 해녀로 일했고, 본인은 배를 몰아주고 지켜주는 선주였다. 마을 공공기관에 근무하는 직원과 사무실 아닌 다른 장소에서 밥을 먹고 술까지 한잔했던 그 시간이 즐거웠던가 보다. 그날 저녁 내내 싱글벙글하던 그 얼굴을 잊을 수 없다. 말수는 많이 없는 사람이지만 그날 표정에 기분이 어떠한지 충분히 읽을 수 있었다. 나보다 앞서 살아가는 인생 선배의 고단한 삶을 이해하게 되었고 그 인생을 존중했다. 연륜과 경험에서 한 가지라도 배울 것은 분명하게 있기 마련이니까.

반갑게 인사를 건넸다. 그날이 생각났던 것일까. 아저씨 역시 쑥스러운 듯 웃으며 반가워한다. 오리집에서 보냈던 그 시간이 떠올라 나 역시 웃음이 났다. 여전히 건강하게 잘 지내고 있었다.

마을 앞 바다에서 일곱 살 아들 찬희가 잡아 온 군소를 처음 보았던 곳이다. 물 빠진 바닷가에서 작은 해삼을 한가득 잡았던 곳이기도 하다. 태풍이 지나간 방파제에서 낚시로 돌돔을 무더기로 잡았던 곳이다. 여름날 이웃집 마당 잔디에 앉아 홍합을 한솥 삶아 까먹기도 했다. 초등학교 급식실에서 수시로 밥을 얻어먹었다. 연대봉 산바람이 지나간 많은 기억을 떠올려 주었다.

육로가 연결되어 가덕도는 더 이상 섬마을이 아니다. 주말이 되면 많은 사람이 가덕도에 들어간다. 동네는 이제 조용한 어촌마을이 아니다. 많은 집이 신축과 증축을 하였고 음식점으로 업을 바꾸기도 했다. 카페는 이미 넘쳐난다. 어업에 종사하는 사람들이 낚시업으로 바꾸었다.

가덕도 신공항이 건설된다고 한다. 마을 사람들은 삶의 터전을 옮겨야 하는 두려운 마음과 변화에 대한 또 다른 마음이 공존할 것이다. 국가 시책으로 하는 일을 막을 수는 없다. 마을과 바다가 그대로 보존되길 바라는 마음, 나 혼자만의 욕심일까.

제 2 장

다시,
산을 만나다

흐린 날의 산도 좋았고 맑은 날 산도 좋았다. 칼바람 부는 겨울 산
도 좋았고 뜨거운 여름 산도 좋았다. 친구들과 함께 오른 산도
좋았고 혼자 올랐던 산도 좋았다. 용기 내어 한 발 한 발
내딛다 보니 하얀 눈 세상을 만났다. 우연은 결코
우연이 아니었다. 여러 행동이 모여 우
연처럼 오는 것이었다.

1.

한국인의 기상 여기서 발원되다

　시골에서 남녀공학 중학교를 졸업했다. 당시는 부끄러워 남학생들과 제대로 이야기를 나누지 못했다. 꼭 필요한 이야기가 아니면 하지 않았다. 남학생 중에는 여학생에게 괜히 시비 거는 친구도 있었다. 생각해 보면 우리는 그때 사춘기였고 괜한 시비가 관심이었다는 것을 이제는 안다.

　가까운 지역에 사는 중학교 친구들과 두 달에 한 번 정기 모임을 하고 있다. 남자 여자 상관없이 각자 살아가는 이야기, 가정 이야기, 아이들 키우는 이야기를 나눈다. 산을 좋아하는 중학교 친구들이 모여 '좋은친구들산악회'를 만들었다. 주위에서 부러워할 정도로 우리는 서로 가까운 친구가 되었다. 남녀공학 중학교를 졸업한 것이, 지금 나이가 되고 보니 큰 재산이라는 것을 알게 되었다.

'좋은친구들산악회' 특별산행으로 지리산에 올랐다. 2017년. 4월 마지막 주말이었다. 함양 백무동에서 출발하여 장터목대피소에서 일박하고, 두 번째 날 천왕봉 일출을 보고 내려오는 코스였다.

백무동에서 지리산 장터목대피소에 가는 길은 두 갈래가 있다. 한신계곡을 따라 세석대피소를 지나 촛대봉을 넘어서 가는 길이 있고, 하동 바위 방향으로 장터목대피소에 바로 오르는 코스가 있다. 한신계곡 코스는 겨울 동안 입산 통제되었다가 5월 1일쯤 해제된다. 우리는 이틀 간격으로 계곡 길을 걸을 수 없어 하동 바위 쪽으로 장터목대피소에 올랐다.

산행하는 첫날 점심은 각자 준비하고 산에서 먹을 반찬도 한두 가지씩 준비하기로 했다. 따뜻한 여벌의 옷을 챙기고 도시락과 사과, 저녁에 먹을 마늘장아찌를 플라스틱 통에 한가득 담았다.

그날이 왔다. 함께한 친구들과 파이팅을 외친 후 지리산으로 들어갔다.

출발 전까지는 당일 컨디션을 확인하기 힘든 경우가 많다. 걸음을 어느 정도 떼보면 몸 상태를 알게 된다. 유난히 걸음이 더디고 힘든 날이었다. 배낭이 무겁게 느껴졌다. 주차장에서 출발하여 얼마나 걸었을까. 발걸음이 보통 때와 확연히 다르다. 얼마 걷지 않았는데 땀으로 온몸이 젖었다. '참샘'에서 쉬어가기로 한다. 물을 마시고 사과와 견과류 초콜릿을 나눠 먹으며 쉬다 보니 다시 힘이 났다. 지리산 산행

예약과 코펠 버너 삼겹살까지 준비한 성수 배낭을 들어보니 꼼짝하지 않는다. 내 배낭이 무겁고 힘들다며 투정 부린 것이 괜히 미안했다.

다시 발걸음을 옮긴다. 오르막길을 얼마간 걷다가 소나무 그늘에서 또 쉬었다. 편평한 바위에 앉았다. 저 멀리 봉긋한 엉덩이 모양 반야봉이 눈에 들어온다. 첩첩이 이어진 산 능선을 보며 다시 힘을 낸다.

친구 두 명은 지리산 산행이 처음이라고 한다. 각자 방식으로 1박 2일 산행 준비를 했을 것이다. 짐을 가볍게 한 경숙이는 발걸음도 가볍다. 잘 올라간다. 나름 산을 잘 탄다는 내가 오늘은 힘들고 자꾸 뒤로 처진다. 마늘장아찌 때문일까. 이전 산행 때 친구들이 맛있다고 한 것이 생각나 조금 더 넣은 것이 문제였던 걸까. 조금 모자라도 괜찮은 것을. 산에 오르는 목적에 집중하면 되는 것을. 배낭 무게를 조절하지 못했다는 것을 뒤늦게 알게 되었다. 다음부터는 기필코 배낭을 가볍게 하리라 생각하며 무거운 발걸음을 옮겼다.

목적지가 가까워지고 있었다. 더딘 발걸음을 다독이며 한 발 한 발 걷는 일에 힘을 모았다. 마침내 장터목대피소에 이르렀다. 무거운 배낭에서 해방되었다는 기쁨이 컸다. 안도감이 몰려왔다.

침상을 배정받고 취사장에 다시 모였다. 각자 준비한 반찬을 펼쳤다. 삼겹살, 상추, 머위, 고추, 멸치볶음 등 그야말로 뷔페다. 마늘장아찌는 역시 인기 있었다. 무겁게 짊어지고 온 보람이 있었다. 소주 한 잔 마시며 산행의 노고와 기쁨을 나누었다. 일몰이 시작되고 있었다. 우리는 먹고 있던 밥과 소주잔을 그대로 두고 밖으로 나갔다.

첩첩 이어진 산너울 너머로 해가 지고 있었다. 1,750m. 장터목대피소. 하늘 아래 첫 집. 이 고지에서 바라보는 일몰이라니. 내 생애 이런 기회가 다시 올 수 있을까. 넘어가는 해를 하염없이 바라보았다. 무슨 말이 필요할까. 해는 한순간 산 뒤로 모습을 감추었지만, 지리산 하늘은 오랫동안 물들어 있었다. 그 순간이 너무 소중해 한참을 그 자리에 서있었다. 일몰이 주는 특별한 의미도 있지만 장소가 주는 힘이 더 큰 것 같았다. 친구들과 단체 사진을 남겼다.

샘물에서 간단히 양치하고 숙소로 들어갔다. 한 사람이 누울 수 있는 공간이 허용되었다. 머리 위쪽에 배낭을 놓아 베개로 사용했다. 다음날 입을 옷을 준비해 놓고, 자리에 누웠다. 바람 소리가 요란하다. 옆에 있는 친구와 이야기 나누다가 잠시 눈을 붙였다. 순간 잠에서 깨니 새벽 세 시. 겉옷을 챙겨 입고 조용히 대피소 밖으로 나갔다. 바람은 여전히 세차게 불고 있다. 고개를 드니 영롱한 별이 장터목 하늘 거기에 있었다. 설악산 대청봉보다 높은 곳에서 마주한 별빛은 특별했다. 가슴이 주책스럽게 뛰었다.

대피소 안으로 다시 들어가니 사람들이 한 명 두 명 일어난다. 이야기 나누는 소리, 옷 입는 소리. 장터목대피소에서 일박하는 사람들 대부분은 천왕봉 일출을 보기 위함이다. 우리 일행도 따뜻한 옷을 챙겨 입고 장갑을 챙기고 모자를 눌러쓰고 랜턴도 머리에 둘렀다. 천왕봉에 올라 일출을 보고 난 후 다시 대피소로 돌아올 계획이다.

고지를 향하여 걸음을 옮겼다. 헤드랜턴의 작은 불빛만이 어둠을 밝힌다. 깜깜한 새벽길. 한 줄 지어 움직이는 빛이 거대한 의식처럼 느껴졌다. 무엇을 위해, 이 시간 저 높은 곳으로 향하는가. 가슴에 저마다 어떤 소망을 품었을까. 한 걸음 한 걸음 나아가는 행렬에서 성스러움까지 느껴진다.

멀지 않은 곳에 사람들이 모여 있다. 한 시간 남짓 걸어서 우리 여덟 명도 정상에 도착했다. 적당한 곳에 자리를 잡았다. 잠시 뒤, 저 멀리 하늘과 맞닿은 곳에서 해가 조금씩 얼굴을 내민다. 드디어 일출이 시작되었다.

대학 3학년 때 처음으로 지리산에 올랐다. 이후 40대 초반 '천지포럼'에서 비와 안개 속에서 산행하였고 이번이 세 번째 지리산 산행이다. 지금 나는, 지리산 천왕봉에서 일출을 마주하고 있다.

내 조상이 덕을 쌓았던 걸까. 앞으로 덕을 많이 쌓으며 살아가라는 신호일까. 분명 그것은 큰 행운이었다. 사람들의 웅성거리는 소리가 저 멀리서 들려왔다.

2.

알프스에 빠지다

1998년 8월. 간월재를 처음 알게 되었다.

6개월 된 아들 찬희와 네 살이 된 딸 예원이를 데리고 신불산자연휴양림으로 여름휴가를 갔다. 당시 내가 근무했던 곳은 낙동강 하류 강가 마을이다. 낙동강 상류 쪽에 비가 많이 내리면 하류는 급작스럽게 강물이 불어난다. 그해 여름은 유난히 비가 많이 내려 낙동강 물이 넘쳐났다. 불어난 강물은 강변의 논과 밭을 강으로 만들어 버렸다. '범람'을 목격한 여름이었다. 도로와 논밭을 한순간에 물바다로 만드는 그 현장을 직접 보니 무서움까지 느껴졌다. 마을에 물이 들지 않아 그나마 다행이었다. 그런 시기에 휴가 간다는 것이 마음 편치 않았지만, 휴가는 이미 잡혀 있었고 내가 할 수 있는 일은 없었다.

신불산자연휴양림에 가기 위해 양산 배내골로 출발했다. 삼랑진을 지나 산 고개를 넘으면 양산 원동마을이 나온다. 원동마을에서 배내골 가는 길은 중앙선이 없는 좁다란 일차선 도로였다. 시멘트 포장길이 시작되는가 싶더니 바로 비포장길이 이어진다. 군데군데 웅덩이가 파여 물이 고여 있다. 흙이 씻겨나가 돌멩이가 길에 뒹굴었다. 비포장길 시골 버스를 탄 것처럼 차는 덜커덩거렸다. 차 안 손잡이를 꼭 잡고 다른 손으로 작은 아이를 꼭 안았다. 거의 한 시간 넘게 그렇게 험한 길을 갔다.

하단 신불산자연휴양림에 도착했다. 우리 방은 2층 '소나무방'이었다. 방에 들어서니 소나무 향이 가득했다. 개장한 지 두 달이 되지 않았다고 한다. 힘들었던 여정을 보상받은 기분이었다. 다음 날 상단 휴양림으로 옮겨 1박 더 하기로 했다. 그곳에 가기 위해 큰길로 나가서 다시 다른 산길로 이동해야만 했다. 장마 때문인지 산길은 엉망이었다. 길에는 부러진 나뭇가지가 넘어져 있었고 크고 작은 돌멩이가 가득했다. 과연 차가 지나갈 수 있을까 의문이 들 정도였다. 길바닥이 완전히 파여 있는 곳도 여러 군데였다. 흙이 거의 없어 길이라고 할 수 없을 지경이었다. 사륜구동 갤로퍼여서 그나마 다행이었다고나 할까.

휴양림 가는 길은 무척 더디게 느껴졌다. 시속 10km로 차가 움직였다. 가도 가도 끝이 없었다. 차에 이리저리 흔들려 온몸이 고달팠다. 태어난 지 겨우 6개월 된 작은 아이에게 미안했다. '휴양림이 도대체 어디 있다는 거지?', '얼마나 더 가야 하는 거야?' 하는 생각으로 심통이 났고 몸과 마음은 지쳐갔다. 산과 나무밖에 보이지 않는 깊은 산속에 휴양림이 있다는 것이 상상되지 않았다.

어느 순간 길이 넓어지면서 평탄한 길이 시작되었다. 왼쪽으로 나무가 거의 없는 언덕이 나타났다. 갑자기 펼쳐진 새로운 풍경에 정신이 번쩍 들었다. 와. 깊은 산속에 이런 곳이 있다니. 여기는 어디지. 조금 더 나아가니 완만한 경사의 넓은 초지가 나왔다. 순간적으로 마음을 빼앗겼다. 그곳은 내 기억 속에 저장되었다. 상단 신불산자연휴양림에 무사히 도착하여 하루를 더 보내고 일상으로 복귀했다. 훗날, 산행하면서 기억 속의 '그곳'을 지나게 되었다. 한눈에 알아볼 수 있었다. 간월재였다.

2016년 10월. 첫 주 일요일. 아홉 명 친구와 영축산에 올랐다. 양산 지산마을 만남의 광장에서 출발했다. 산행 초입 쑥부쟁이 구절초가 가을 인사를 하고 아름드리 소나무가 우리를 반겨 주었다. 쭉쭉 뻗은 나무를 보며 그 기세와 씩씩함에 발걸음은 가볍다. 영축산 중턱 취서산장까지 임도가 닦여 있어 비교적 쉽게 오를 수 있다. 취서산장에서 정상에 오르는 길은 가파른 경사다. 숨이 차고 온몸에 땀이 흐를 즈음 거대한 암벽이 나타난다. 예사롭지 않은 기운이 느껴지는 곳이다. 거대바위 앞에 서서 한 명씩 차례대로 독사진을 찍고 여러 명 함께 사진을 찍기도 한다. 사진 구도 공부를 하고 있다는 상구에게 우리는 기꺼이 모델이 되어준다.

정상이 얼마 남지 않았다. 마지막 고비만 남았다. 끝까지 힘을 내어 정상으로 향했다. 어느덧 영축산 꼭대기에 올라섰다. 신불재로 이어지는 길이 훤히 바라다보인다. 언제나 속이 뻥 뚫리는 풍경이다. 저 멀리 천황산, 재약산 줄기가 선명하다. 왼쪽으로는 영축산 능선이 씩씩하게 뻗어 있다.

바위 아래 넓은 곳에 앉아 점심을 먹었다. 올라왔던 길로 되돌아가지 말고 신불재로 가자고 친구들을 설득했다. 몇몇 친구들은 힘들었는지 쉽게 동의하지 않았다. 가을엔 꼭 걸어봐야 하는 길이다, 후회하지 않는다, 힘든 코스는 다 끝났다 하며 친구들을 계속 부추겼다.

결국 하늘 억새 길로 방향을 잡았다. 처음엔 별 감흥이 없다가 억새 길이 시작되자 모두 탄성을 질렀다. 친구들 얼굴에 미소가 가득했다. 사진 찍느라 여기저기 셔터 소리가 들린다. 친구들의 즐거운 반응에 나는 덩달아 말이 많아졌다. 신불재까지 2km 남짓 길을 두 시간 넘도록 놀며 걸었다. 신불재 나무 데크에 배낭을 내려놓고 시간 가는 줄 모르고 또 사진 찍으며 웃고 놀았다. 행복해하는 친구들을 보니 나 역시 흐뭇하고 기분 좋았다. 눈부신 시월이었다. 모두 영남알프스에 푹 빠졌던 시간이었다.

친구들보다 먼저 그 길을 걸어 보았다. 해마다 내게 하늘 억새 길을 걷는 것은 가을날의 숙제처럼 다가왔다. 누군가에게 보여 주고 싶었고 소개하고 싶었다. 내가 아는 사람들이 그곳을 걸으며 행복해하는 모습을 보고 싶었다. 오늘 친구들 모습이 내가 바라던 모습이었다. 친구들 얼굴에 함박꽃이 피었다.

"이 길 너무 잘 왔다. 지원아! 너 덕분이야.", "오늘 내 생애 최고의 산행이었다!" 친구가 말했다.

"이제 가을 숙제는 나랑 같이 하자!"고 도영이 말한다.

하늘 억새 길, 영축산 신불재 구간에서 우리는 눈부신 가을을 누렸다. 산행하면서 이렇게 즐거웠던 적 없었다고 다들 입 모아 얘기했다. 건암사로 하산했다.

이하영 작가가 말했다.

"사는 게 즐거워지면 삶의 모든 문제가 해결된다. 즐거움의 본질은 잘함이다. 우리는 뭔가를 잘하게 될 때 즐겁다. 이 잘함이 재미보다 지속력이 강하다."

20년 전 간월재를 처음 만난 날을 기억하고 있다. 내 속에 저장되었던 그날, 그 장소가 내 삶의 케렌시아가 되었다. 친구들과 걸었던 하늘 억새 길 여정을 내 몸과 마음이 기억한다.

주말마다 산에 간다. 좋아하니 자주 가게 되고, 자주 가다 보니 이전보다 더 잘 오르게 되었다. 잘하다 보니 즐거움은 배가 되었다. 영남알프스의 시원한 바람이 오늘따라 그립다.

3.

시월의 어느 멋진 날

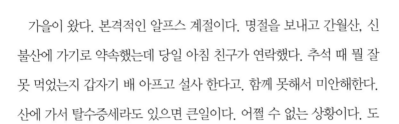

가을이 왔다. 본격적인 알프스 계절이다. 명절을 보내고 간월산, 신불산에 가기로 약속했는데 당일 아침 친구가 연락했다. 추석 때 뭘 잘못 먹었는지 갑자기 배 아프고 설사 한다고. 함께 못해서 미안해한다. 산에 가서 탈수증세라도 있으면 큰일이다. 어쩔 수 없는 상황이다. 도시락은 이미 준비했고 산에 갈 채비도 다 했다. 혼자서 집을 나섰다.

울주로 향한다. 동네 산에는 여러 번 혼자 다녀 보았지만, 영남알프스 혼자 산행은 처음이다. 설렘과 두려운 마음이 동시에 올라왔다. 언양을 지나 배내고개에 도착했다. 10시가 넘었다. 빈틈없이 주차되어 있는 차들이 영남알프스 계절임을 말해주었다. 길가에 한자리가 비어 있어 겨우 주차했다.

등산화 끈을 단단히 묶었다. 땀 닦기 위한 손수건을 손목에 감았다.

지팡이를 키 높이에 맞추었다. 오늘은 혼자다. 어느 때보다 강하게 마음을 먹는다. 간월산, 신불산까지 갔다가 간월재로 되돌아와 임도를 걸어 주차장으로 되돌아오자고 계획했다.

발걸음을 옮겼다. 배내봉으로 향하는 계단을 천천히 오른다. 여러 번 걸어봤던 길이지만 오늘은 다르다. 동행하는 사람이 없다. 보호자도 없이 오롯이 혼자다. 조심해야 한다. 한 계단 한 계단, 가쁜 숨을 몰아쉬며 오르막을 오른다. 30분쯤 지났을까. 첫 번째 산등성이에 올라섰다.

저 멀리 언양 들판과 마을이 훤히 내려다보인다. 울산으로 향하는 국도가 선명하다. 가을 햇살이 따갑다. 배내봉에 올라 사과 한 조각 먹으며 잠시 쉬어간다. 옆에 두 여자가 쉬고 있다. 울산에서 왔다고 한다. 누군가 옆에 있으면 좋겠다는 생각을 잠시 해보지만, 혼자라도 괜찮다며 마음을 다시 고쳐먹는다. 억새가 있고 높고 푸른 하늘이 있다. 가을이다. 시월이다. 여기는 영남알프스 아닌가. 용기가 올라왔다.

다시 출발한다. 또 다른 오르막이다. 잠시 후 내리막길이 나왔다가 다시 올라가는 길이다. 산에서 고도를 낮추는 길은 반갑지 않다. 내려간 만큼 다시 올라야 하기에 더 많은 힘을 들여야 한다. 계속 오르막이라면 각오를 단단히 하지만, 내려가는 길을 만나면 몸의 긴장이 풀어지는 경우가 많다. 배내봉에서 간월산 가는 길이 그렇다. 내리막길을 내려간 후 다시 가파른 오르막 오르기를 두세 번 반복해야 한다.

동행이 있었다면 여러 번 쉬었을 것이다. 혼자 가면 더 빨리 가게 된다는 말이 실감이 났다. 여러 명 함께 산행할 때보다 사진 찍을 일이 많이 없고, 힘들어도 꾸역꾸역 가다 보니 시간을 아낄 수 있었다. 한 발 한 발 열심히 걷다 보니 어느덧 간월산에 이르렀다.

정상석 인증을 위해 사람들이 길게 줄지어 서있다. 나도 줄 마지막에 가서 섰다. 건장한 청년이 내 뒤에 바로 줄을 선다. 사진을 부탁했더니, 반갑게 큰소리로 "예스!"라고 한다. 본인도 사진을 부탁하기에 서로 찍어 주기로 하였다. 그 옆에 60대 초반으로 보이는 남자가 있다. 회사 사장님이라고 소개한다. 그 사장은 "직원이 영남알프스 인증한다길래 따라왔습니다." 말을 건넨다.

첫 해 영남알프스 완등 인증은 정상석 앞에서 두 손을 모아 삼각형 산 모양으로 해서 사진을 남겨야 했다. A4 종이에 산 그림을 그려 그 종이를 들고 인증하는 방법도 있었지만, 주로 손으로 산 모양을 만들어 정상 인증을 했다.

청년은 '영수'라고 자기를 소개했다. 영축산까지 갈 것이라고 한다. 영남알프스 완등 인증을 위해 마음먹고 왔다고 했다. 어쩌다 혼자 산행하게 되었다는 말을 하니 함께 가자고 한다. 갑자기 영축산까지 가고 싶어졌다. 차량 회수 문제가 있었지만, 산행 후 내 차 있는 곳까지 태워주겠다고 한다. 신뢰가 갔고 진심이 느껴졌다. 두 남자와 일행이 되었다.

간월산에서 간월재로 내려가 신불산으로 향했다. 신불산 정상에서 가까운 나무 데크에 자리를 잡았다. 오후 1시다. 도시락을 꺼냈다. 영수는 몇 가지 반찬과 김치 돼지고기볶음을 꺼내놓는다. 부인이 사장님 밥을 같이 챙겨주었다고 한다. 착하고 배려심 많은 부인이라 생각되었다. 사장은 가방에서 컵라면과 달걀을 꺼냈다. 본인이 준비할 수 있는 것은 이것뿐이라며, 남자 혼자 사는 것이 힘들다고 하며 물어보지도 않은 말을 한다. 나도 준비한 상추와 깻잎, 고추, 돼지불고기를 꺼냈다. 진수성찬이다. 매실주 한 잔으로 건배했다. 두 남자가 거의 동시에 말했다.

"오늘 이것이 무슨 복인지 모르겠습니다. 함께 산행하게 되어 정말 영광입니다!"

"너무 즐겁네요."라며 허허허 웃는다.

"맞아요, 두 분 복 있는 것 맞습니다." 나도 맞장구치며 함께 웃었다.

우리는 이미 예전부터 알고 있는 사람처럼 허물없이 이야기 나누며 즐겁게 점심을 먹었다. 혼자 산행이라 단단히 각오한 이유였을까. 어느 때보다 힘이 났고 씩씩했다. 사장이 나에게 잘 걷는다며 칭찬까지 한다. 따라가기 힘들다며 절반의 농담까지 했다.

좋아하는 곳을 걷는 일은 행복하고 즐겁다. 잘 알고 있는 곳을 타인에게 설명하는 것도 신난다. 두 사람은 그날 영남알프스가 처음이라고 했다. 경험자로서 나는 그곳을 예찬했다. 잘 알고 있었고, 더구나 좋아하는 곳이기에 할 이야기가 많았다. 기꺼이 영남알프스 해설자이기를 자처했다.

점심 식사 후 신불산 정상에서 인증사진을 남겼다. 신불재로 내려가는 길 오른쪽 넓적 바위 위에 잠깐 멈추어 섰다. 저 멀리 영축산 능선을 한눈에 볼 수 있는, 내가 좋아하는 장소다. 한참을 서서 첩첩이 이어진 능선을 바라보며 크게 심호흡했다. 충만한 순간이었다.

해가 서쪽으로 기울고 있다. 영축산까지 한 시간 넘게 걸어가야 한다. 영축산 정상에서 지산마을로 내려가는 길이 꽤 먼 거리다. 두 남자는 그것도 모르고 여유를 부린다. 서둘러야 한다. 길을 재촉했다.

영수는 영어와 수학을 생각하면 자기 이름을 쉽게 기억할 수 있다고 했다. '누님'이라는 말을 친근하게 하며 말을 놓으라고 한다. 30대 중후반으로 보이는 영수가 친동생처럼 여겨졌다. 나이와 상관없이 우리는 산 친구가 되었다. 옆에서 지켜보던 사장이 자기를 왕따시킨다며 괜한 심술을 부린다. 그 모습이 우습기도 하고 한편으론 진심인가 하는 생각도 들었다. 사장이 혼자 산다는 것을 알고 나니 안쓰러운 생각이 올라왔다. 사장은 사진 찍는 것을 좋아하고 기술도 상당했다. 여기저기 멋진 풍경을 담느라 계속 늦었다.

영축산에 도착했다. 몇 팀이 정상 인증을 하고 있다. 우리도 자연스럽게 단체 사진을 남겼다. 셋이 함께 두 손을 번쩍 들고 사진을 찍었다. 만세하고 있는 뒷모습 사진도 남겼다.

이제 내려가는 길만 남았다. 서둘러야 한다. 마을까지 꽤 먼 거리다. 숲은 벌써 어둠이 시작되었다. 핸드폰 라이트를 켰다. 쉬지 않고 걷고 또 걸었다. 마을에 도착하니 깜깜한 밤이 되었다. 영수가 부른 카카오택시를 타고 두 남자의 차가 있다는 영남알프스 복합웰컴센터로 갔다. 저녁으로 언양불고기를 사주어 맛있게 먹었다. 내 차가 주차되어 있는 배내고개까지 태워주어 차 회수도 무사히 했다.

18km. 8시간 30분을 걸었다. 혼자였다면 감히 시도하지 못했을 것이다. 산에서 만난 사람들 덕분이었다. 함께해서 가능했다. 배내봉, 간월산, 신불산, 영축산. 영남알프스 네 개 봉우리를 하루 만에 오른 것이다. 계획하지 않았고 생각하지 못했다. 내 인생 빅뉴스를 만든 날이었다.

우리의 앞일은 아무도 모른다. 아침에 집을 나서지 않았다면 일어나지 않을 일이었다. 할까 말까 망설이는 일이 있다면 그냥 한 번 해보기를 권한다. 용기를 낸 걸음이 또 다른 용기를 내게 한다. 한 걸음 내디딘 그 용기가 무엇을 이룰 것인지, 무엇을 해낼 것인지는 아무도 모르니까.

4.

걷다 보니, 설국이었다

2024년 1월. 독감으로 힘든 시간을 보냈다. 온몸에 힘이 쭉 빠졌고 기침이 계속 나왔다. 밥맛이 없어 기력은 자꾸 떨어졌다. 2년 전 코로나에 걸렸을 때보다 견디기 힘들고 고통스러웠다.

온 국민이 코로나로 마스크 끼고 생활했던 시간이 길었다. 마스크로 면역력이 약해졌을 가능성에 대한 보도가 있었다. 그 이유 때문일까. 최근 감기로 고생했다는 이야기가 많이 들려온다. 나 역시 감기로 고생하고 나니 힘들었다는 말이 절로 나왔다.

한동안 산에 가지 못했다. 조급한 마음이 올라왔다. 높은 산에 올라 땀 한번 흠뻑 흘리고 싶었다. 남아있는 감기가 깨끗하게 나을 것 같았다. 때마침 즐겨 찾는 산행밴드에 눈 쌓인 가지산 사진이 올라왔다. 가슴이 두근거렸다. 가지산에 가야겠다고 마음먹었다.

아침부터 비가 내린다. 다른 계절이었으면 우의를 챙겨서 그냥 산으로 갔을 것이다. 겨울비다. 산에 오르다 미끄러지기라도 하면 큰일이다. 하루 종일 내리던 비가 저녁 늦게 그쳤다. 가지산에 내린 눈은 이미 다 녹았겠다는 생각이 들었다, 눈산에 대한 기대는 내려놓았다.

다음 날 아침 7시. 석남터널 입구에 도착했다. 터널 앞 주차 자리는 이미 다 찼다. 아래쪽 넓은 공터도 만차다. 길 가장자리에 주차한 차량이 저 아래까지 줄지어 있다. 그 끝에 내 차를 주차했다. 함께 산행하기로 한 친구는 벌써 도착해서 주차했다고 한다.

가지산으로 오르는 길은 밀양 방향 석남터널 입구에서 오른쪽이다. 몇 걸음 옮기다 보면 가파른 목재 계단 길이 나온다. 아찔한 경사다. 처음부터 엄청난 경사길을 오르다 보면 숨이 컥컥 막힌다. 10분쯤 오르면 전망 트이는 곳이 나온다. 잠시 숨을 고를 수 있다.

오랜만에 산에 오르다 보니 두려움이 있었나 보다. '힘들면 천천히 가면 된다, 도저히 가기 힘들면 갈 수 있는 곳까지 갔다 오자, 정상 정복을 무조건 고집할 이유가 없다. 즐거움과 기쁨이 우선이다.' 속으로 끊임없이 나를 달래며 산길을 걸었다. 감기 때문에 약해진 체력이 걱정스러웠지만 생각보다 컨디션이 좋았다.

하늘은 흐리고 산은 온통 안개 속이다. 앞이 제대로 보이지 않는다. 그럼에도 날씨는 봄날같이 포근하다. 조금 더 오르다 보니 나뭇가지에 눈이 조금씩 보이기 시작한다.

"와, 얼마만의 눈인가!" 올해 처음 보는 눈이다. 친구와 나는 서로 얼굴을 쳐다보며 웃었다. 하얀 눈이 사람 기분을 이렇게 확 좋아지게 만들다니, 하여튼 자연은 신비롭다. 산에서 벌써 내려오는 사람이 보인다. 40대 후반으로 보이는 남자가 사진 찍고 있는 우리를 보더니 웃는 얼굴로 말을 건넨다.

"조금만 더 올라가 보세요. 여긴 아무것도 아닙니다!"

우리도 이미 눈의 나라에 도착했는데 여기가 아무것도 아니라면, 도대체 저 위에 어떤 풍경이 있단 말인가. 두근거리는 마음 안고 위쪽을 향해 걸음을 옮겼다. 조금 전보다 더 많은 눈이 쌓여있다. 보이는 모든 것이 하얗다. 사람들 얼굴에는 미소가 가득하다. 모두 밝고 신난 걸음이다. 사진 찍는 소리와 탄성이 여기저기서 들린다. 장관이다. 숨이 찰 정도다.

걸음을 멈추어 깊게 숨을 들이마시고 내뱉기를 여러 번. 손가락으로 눈을 살짝 눌러보았다. 폭폭 쑤셔 구멍을 만들어보기도 했다. 눈 뭉치를 만들어 입에 넣어 맛보았다. 보고 만지고 또 보았다. 그럼에도 또 보고 싶은 눈 세상이었다. 봄같이 따뜻하다. 믿기지 않는 1월 날씨였다. 축복받은 날이었다. 눈에 보이는 것은 오직 하얀 눈뿐이었다. 하얀 나라였다. 나무, 바위, 돌멩이, 마른풀, 모두 눈이 되었다. 눈꽃이 피었다. 처음 보는 세상이 거기 있었다.

아저씨들 얼굴에도 웃음꽃이 폈다. 5060 아재들이 이렇게 해맑게 웃는 모습은 태어나서 처음 본다. 모르는 사람과 미소를 주고받았다. 아무에게나 인사를 한다. 낯선 이에게 말을 건넨다. 눈의 나라가 마법을 부렸다. 모두 어린아이가 되었다.

2022년 8월 초. 코로나 진단을 받았다. 코로나 완치 후에도 힘이 없고 피곤했다. 산에 다녀와야 좋아질 것 같았다. 마음먹고 혼자 가지산을 찾았다. 경기도 이천에서 왔다는 세 남자를 만났다. 영남알프스 완등 인증을 위해 왔다고 한다. 세 명 모두 고향은 창녕, 거제, 함안이라며, 같은 산악회 회원이라고 했다. 운문산까지 갈 것인데 함께 가자며 친근하게 말을 건넨다.

가지산에서 '아랫재'로 내려가 다시 운문산에 오르는 것은 많은 힘이 든다. 하루 만에 천고지 산을 두 개 오르는 일이다. 힘들고 무리라는 생각을 하고 있었기에 그동안 한 번도 시도하지 않았었다. 고민스러웠지만 가보자고 마음먹었다. 가지산에 올랐다가 그냥 내려가려고 마음먹었는데, 아랫재로 내려가서 운문산에 다시 오르게 된 것이다. 생각지도 않은 일이었다. 혹여 낯선 남자들에게 피해줄까 싶어 더 열심히 걸었다. 산에 가고 싶은 마음이 간절했던 만큼 컨디션이 따라주었다. 세 남자에게 산 잘 탄다는 칭찬을 들었다. 가지산과 운문산 정상을 하루 만에 올랐다. 처음 경험하는 일이었다.

힘들다며 스스로 한계를 정해놓았던 일을, 우연한 기회에 하게 되었다. 8시간, 26,000보를 걸었던 날이었다. 그날 이후, 지금은 가지산과 운문산을 겁 없이 하루 만에 오른다. 한 번의 경험이 얼마나 중요한지 알게 되었다. 산에서 만난 사람들 덕분이었다.

　가지산에 수십 번 올랐지만, 하얀 눈산은 처음이었다. 1월 바람이 봄바람같이 부드럽다. 지치도록 눈길을 걸었다. 눈밭에 가만히 누워 하늘을 올려다보았다. 아무런 욕심도 없었고 원도 없었다. 하늘은 흐렸지만, 맑은 하늘을 바라지 않았다. 친구와 나는 운문산으로 갈 시간이 넉넉했지만 시도하지 않았다. 이미 모든 것이 충분했다.

　흐린 날의 산도 좋았고 맑은 날 산도 좋았다. 칼바람 부는 겨울 산도 좋았고 뜨거운 여름 산도 좋았다. 친구들과 함께 오른 산도 좋았고 혼자 올랐던 산도 좋았다. 용기 내어 한 발 한 발 내딛다 보니 하얀 눈 세상을 만났다. 우연은 결코 우연이 아니었다. 여러 행동이 모여 우연처럼 오는 것이었다. 봄, 여름, 가을, 겨울 가지산에 올랐던 덕분이었다. 설국을 만났다. 산이 내게 준 선물이었다.

매년 완등의 기쁨

계획했던 시간보다 늦었다. 국도를 따라가다가 삼랑진 게이트로 진입하여 밀양으로 향한다. 고속도로에 차가 많이 없다. 명절 연휴라 차밀리면 어쩌나 하고 걱정했는데 오히려 한산하다. 밀양까지 금방 도착했다. 요금소를 통과해 국도 24호선 울산 방향으로 들어간다. 이른 아침 국도는 고속도로보다 더 한적하다. KBS 라디오 '출발 FM과 함께'의 볼륨을 높였다. 이재후 아나운서의 친절한 목소리가 들려온다. 창문을 열어 아침 공기를 마신다. 머리가 한층 맑아진다. 바람은 제법 차갑다.

표충사 갈림길을 지나 조금 더 가다 보면 산 높이가 확연히 달라진다. 쭉 뻗은 도로에 차가 한 대도 없다. 원서리 교차로를 지나 이어지는 도로에 오직 내 차뿐이다. 이런 적 있었던가. 차는 저 멀리 높은 산을 향해 내달렸다. 유럽의 알프스 못지않은 풍경에 벅찬 감정이 솟아

오른다. 직선 도로 모퉁이를 돌자마자 거대한 덩치의 산 하나가 눈앞에 불쑥 나타난다. 우뚝한 기세에 와, 저 산 뭐지. 감탄사가 절로 나온다. 운문산이다.

국도 24호선 도로에서 밀양시 산내면 남명리로 내려 상양마을로 진입했다. 최근 영남알프스인증 때문에 상양마을 사람들이 몸살을 앓고 있다는 기사를 본 적 있다. '영남알프스인증센터'에서 꼭 지정주차장을 이용하라는 안내 메시지를 계속 보내오고 있다.

마을 공용 주차장에 빈자리가 있어 주차했다. 주차된 차 유리에 성애가 가득하다. 차에서 내리니 입김이 하얗게 올라온다. 신발을 갈아신고 스패츠도 착용했다. 산으로 향하는 마을 길을 천천히 걸었다.

'상양마을'은 사과 마을이다. 산 아래 언덕에도 온통 사과나무다. 마을 뒷산이 운문산이다. 산이 마을을 품고 있는 것처럼 보인다. 선택받은 땅 같다. 아침 햇살이 마을과 사과밭을 환하게 비추고 있다. 사과 농사지으며 평생을 살아온 마을 사람들 터전이다. 산행을 위해 마을 안길을 걷고 있으니 괜히 조심스럽다. 조금이라도 불편함이나 피해를 주면 안 된다는 생각에 발걸음을 조용히 옮긴다.

마을을 지나 등산로 입구에 이르렀다. 오르막길을 걸었더니 제법 숨이 차다. 숨을 고르며 뒤돌아 마을을 내려다보았다. 고요하고 평화롭다. 운문산 정상까지 3.3km. 이정표를 확인한 후 산으로 들어간다.

나무 계단 길을 걷다 보니 숲길이 나왔다. 텅 비어 있는 숲속 길을 걸었다. 저 앙상한 가지에도 머지않아 새 생명이 솟아날 것이다. 어느 해 여름 초록 숲을 걸었던 생각이 났다. 새소리가 들려왔고 햇볕에 하늘거리는 새잎이 유난히 반짝이던 날이었다. 흐뭇했던 그날 생각이 떠올라 발걸음이 가볍다.

두 남자가 앞서서 걷고 있다. 한 남자의 수다가 끝이 없다. 한 사람은 열심히 이야기하고 한 남자는 계속 듣고 있다. 산을 오르며 말을 많이 하면 숨이 찰 수밖에 없다. 걸음이 더딘 그 사람들을 앞질러 앞으로 나아갔다.

"우와! 잘 올라가시네요." 갑자기 말을 건넨다.

"아, 네." 대답하고 묵묵히 걸음을 옮겼다. 힘들면 걸음을 천천히 하고, 힘이 나면 보폭을 더 크게 하여 속도를 올린다. 혼자 산행하면 빨리 가게 된다는 말은 사실이다. 내 걸음에만 집중하면 된다.

'아랫재'에 도착했다. 1시간 10분 걸렸다. 작은 초소 앞에 배낭이 줄지어 놓여있다. 운문산에 오른 후 아랫재로 되돌아와 가지산으로 다시 올라갈 사람들 가방이다. 굳이 무거운 배낭 메고 운문산에 올라갈 이유가 없다. 옆에서 어떤 사람이 한마디 한다.

"우리나라 참 좋은 나라다. 저렇게 가방을 놔두고 가는데도 누구 한 사람 손대지 않으니, 역시 대한민국은 살기 좋은 나라다.", "유럽 어떤 나라는 등에 메고 있는 가방에서도 무엇을 훔쳐 가는데."

등산객의 혼잣말이 정말 맞는 말 같아 나도 속으로 고개를 끄덕였다. 사람들 배낭 옆에 내 배낭을 내려놓았다. 잠시 숨을 돌린다.

아랫재는 운문산, 가지산 산행하는 사람들이 쉬어가는 장소다. 햇볕 드는 곳에 앉아 간식 먹으며 쉬고 있는 모습이 정겹다. 운문산 정상까지 1.5km 남았다.

가파른 길이 시작된다. 흙길이다. 겨울 날씨답지 않은 따스한 날씨에 길이 많이 질퍽하다. 햇볕 드는 곳에는 눈이 녹아 진흙투성이가 되었다. 진흙이 옷에 튀어 오른다. 미끄럽고 불편하다. 길 가장자리로 걸음을 옮겨 걷는다. 한참을 걷자, 완전 빙판인 음지 길이 나왔다. 아이젠을 꺼내 신발에 끼웠다. 자기 몸은 자신이 책임져야 한다. 사고는 무조건 예방해야 한다.

설날 연휴. 무엇 때문에 사람들은 이 힘든 산을 찾아 오르는 걸까. 편안하게 집에서 쉬고 놀면 좋을 텐데. 왜 힘든 일을 스스로 선택한 것일까. 고통 없이 얻는 것도 없다는 것을, 편안하고 안락한 것이 결코 좋은 것이 아니라는 것을, 내가 원하는 것을 해야 더 즐겁고 행복하다는 것을, 이제 세상 사람들이 다 알기 때문이다.

고지가 머지않았다. 정상에 오르기 위해 90도 가까운 경사의 나무 계단을 올라가야 한다. 가파른 계단을 오르고 나면 확 트인 전망을 볼 수 있다. '아 좋다.'라는 말이 절로 나온다. 남명리의 드넓은 사과밭이 한눈에 들어온다. 산 위에서 내려다보는 마을은 또 다르다. 아늑한 느낌이다.

힘을 내어 걸음을 옮겼다. 마지막 나무 계단을 딛고 오르니 숨이 턱 밑까지 차오른다. 잠시 후 운문산 작은 정상석이 나타났다. 몇 걸음 더 오르니 운문산(雲門山) 정상이다. 비로소 안도한다. 한자를 보니 '구름, 문, 산'이다. 멋있는 이름이다. 산 이름은 어디서 유래한 걸까. 누가 작명했을까. 불현듯 궁금해졌다.

1,188m. 정상석 옆으로 열 명 남짓 사람이 줄지어 서 있다. 나는 한쪽 옆에서 인증사진을 남겼다. 2024년 영남알프스 8봉 완등을 모두 끝냈다.

지난 1월. 가지산 눈꽃 산행을 시작으로 올해 영남알프스인증은 온통 눈 세상이다. 1월 셋째 주 일요일부터 매주 영남알프스를 찾았다. 어느 날은 평일 오후에 휴가 내어 고헌산에 올랐다. 영남알프스 완등 인증을 위한 목적도 있었지만, 오랜만에 내린 눈이 녹아버릴까 하는 노파심이 더 컸다. 부지런히 산에 오른 덕분에 올해는 원 없이 눈 구경을 했다.

의무감으로 찾아온 인증 숙제는 모두 끝냈다. 인증 목적으로 산에 오르는 것이 마냥 유쾌하지는 않았다. 이제 홀가분한 마음으로 다시 배낭을 꾸릴 것이다. 봄이 오면 분홍 철쭉을 찾아 배내봉과 간월산에 오를 것이고, 초록 억새를 보기 위해 여름날 간월재 신불재를 걸을 것이다. 가을날 하늘 억새 길을 다시 걸을 것이고, 겨울 가지산에 올라 세상의 바람을 만날 것이다.

영남알프스에 가보지 않은 이는 있을지 몰라도 한 번만 가본 사람은 아마 없을 것이다. 누구나 한 번 가게 되면 그 매력에 푹 빠지게 되는 곳이 영남알프스다. 좋아서 자주 가게 되었고 자주 가다 보니 더 좋아하게 되었다. 잘 알게 되었고 더 사랑하게 되었다. 영남알프스는 내게 영원한 쉼터이고 숨 터다.

유현준 건축가는 말했다.

"공간은 우리의 생각을 지배한다. 그리고 어떤 공간은 우리에게 세상을 보는 깨달음을 주기도 한다."

영남알프스가 많은 사람에게 즐거움을 선사하고 좋은 기운을 제공하는 공간이 되고 장소가 된다면 더 이상 바랄 것이 없겠다. 세상을 보는 깨달음까지 얻는다면 그것은 덤 아닐까.

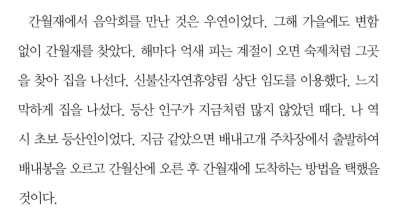

6.

아, 울주 오디세이

간월재에서 음악회를 만난 것은 우연이었다. 그해 가을에도 변함 없이 간월재를 찾았다. 해마다 억새 피는 계절이 오면 숙제처럼 그곳을 찾아 집을 나선다. 신불산자연휴양림 상단 임도를 이용했다. 느지막하게 집을 나섰다. 등산 인구가 지금처럼 많지 않았던 때다. 나 역시 초보 등산인이었다. 지금 같았으면 배내고개 주차장에서 출발하여 배내봉을 오르고 간월산에 오른 후 간월재에 도착하는 방법을 택했을 것이다.

배내로에서 신불산자연휴양림 상단으로 가는 길을 걸어 간월재로 향했다. 시멘트 포장길이 이어지다가 비포장인 길이 나왔다. 길가에 핀 보라색 쑥부쟁이를 구경하며 천천히 길을 걸었다. 키 큰 나무들이 서있는 우거진 숲을 만났다. 한 시간 남짓 걸었을까. 신불산자연휴양림 건물이 오른쪽 나무 사이로 얼핏 보인다. 휴양림 갈림길을 지나 임도를 따라 계속 걸었다.

지그재그 오르막길이 이어지고 마지막 모퉁이를 지나니 억새 군락지가 보인다. 가슴이 콩닥거렸다. 드넓은 억새밭을 빨리 보고 싶어 마음이 급해졌다. 가슴을 애써 진정시키며 걸음을 옮긴다. 억새평원이 가까워지고 있다. 조금만 더 가면 된다. 아직 간월재가 모습을 완전히 드러내지 않았다. 무릎을 구부리고 앉아 하늘과 억새를 사진 한 장에 담는다.

갑자기 어디선가 음악 소리가 들려왔다. 귀 기울이니 피아노 소리다. 순간 발걸음이 나도 모르게 멈춰 섰다. 이 산속에 피아노 소리라니. 가슴이 뛰었다. 저 멀리 사람들이 모여 있는 틈 사이로 검은색 그랜드 피아노가 보인다. 회색 옷을 입은 덩치 큰 남자가 피아노를 연주하고 있다. 자세히 보니 임동창(풍류 피아니스트. 신명의 소리를 만드는 천재 작곡가. 당시 울주에 거주하며 활동하고 있었다.)이다. 그의 피아노 소리를 여기 간월재에서 듣다니. 뜻밖의 선물을 받은 기분이었다.

햇볕은 따스했고 바람은 살랑거렸다. 하늘엔 하얀 구름이 떠 있다. 행글라이더가 하늘에 날고 있었다. 빨간색 파란색의 등산복을 입은 사람들이 꽃처럼 보였다. 나무 데크에 앉아 점심 먹는 사람, 무심히 지나가는 사람, 걸음을 멈추고 음악을 듣는 사람, 자리를 차지하고 앉아 음악회를 온전히 즐기는 사람. 그 풍경을 배경으로 피아노 선율이 흘렀다. 산에서 듣는 피아노 소리는 내 생애 처음이었다. 맑고 깨끗했다. 계곡물 흐르는 소리 같았다. 기쁨이 넘쳤다. 세상 모든 살아있는 것들에게 찬사를 보내는 축가 같았다. 내가 처음 만난 울주 오디세이다.

여고 시절 옆방에 나란히 자취했던 친구가 있다. 같은 집에 세 들어 살면서 부엌을 같이 사용하고 세면장을 함께 사용했다. 언니 같은 편안한 얼굴에 잘 웃는 친구였다. 그 친구는 항상 노래를 흥얼거리며 다녔다. 오랜 세월이 지나 우연히 연락이 닿았다. 카톡으로 많은 이야기를 나누었다. 울산에 살고 있고 합창단 활동을 하고 있다고 했다. 친구는 해마다 빠지지 않고 '울주 오디세이'에 참석한다는 말을 전했다. 그녀 생활에 여전히 음악이 함께 하고 있었다. 만나기로 약속했다.

어느 날부터 클래식이 좋아 출퇴근 시간에 즐겨 듣고 있다. 일반인들이 클래식을 쉽게 접할 수 있는 것이 클래식 FM 라디오다. '장일범의 가정음악'을 진행할 때. 장일범 진행자를 통해 클래식이 더 친숙하게 느껴졌다. 유려한 말솜씨, 편안한 진행으로 어느새 나는 그의 팬이 되어 있었다. 좋은 음악이 나오면 메모했다가 다시 찾아 듣곤 했다. 울주 오디세이에 그가 온다는 것을 알았고 무척 반가운 마음이 들었다.

하늘엔 뭉게구름 가득했고 바람도 적당하게 부는 아름다운 가을날이었다. 간월재에서 여고 동창 영순이를 만났다. 우리는 너무 반가워 부둥켜안고 폴짝댔다. 고등학교 졸업 후 28년이 지났지만, 영순이는 여고 시절과 똑같았다. 간월재 돌탑 앞에서 사진을 함께 찍었다. 우리는 손을 잡고 울주 오디세이를 즐겼다. 춤사위가 시작되고 있었고, 우리 가까운 곳에 장일범 DJ가 서 있었다. 장일범은 그날 오디세이 진행자였다. 용기 내어 인사를 하니 밝고 화사한 미소로 응해주었다. 함께 사진을 찍었다. 라디오에서처럼 역시나 밝은 목소리에 에너지 넘치는 사람이었다.

10월 간월재. 억새가 빛나고 그곳 사람들은 그대로 풍경이 되었다. 사람들 이야기 소리조차 음악처럼 들렸다. 색색의 등산복 입은 사람들이 모였다가 흩어졌다. 다시 모였다가 바람처럼 구름처럼 어디론가 또 그렇게 흘러갔다. 친구와 나도 작별 인사를 나눴다.

가끔 카톡의 프로필을 확인하며 '음, 잘살고 있구나.' 생각한다. 각자 자리에서 자신의 인생을 충실히 살아간다. 그러다 어느 날 마음 움직이면 다시 울주 오디세이에서 그녀와 만날 것이다. 푸른 하늘, 하얀 뭉게구름, 시원했던 바람, 원색의 등산복 입은 사람들, 하얀 옷 입은 무용수들이 천지인을 표현하던 춤사위, 장일범 진행자의 환했던 미소, 여고 동창. 내 기억에 남아있는 2014년 간월재 울주 오디세이다.

영순이와 앉았던 자리, 친구의 해맑았던 미소, 하얀 구름이 흘러가는 하늘. 그날의 모든 것이 아직 내 눈에 선명하다.

2023년 울주 오디세이는 영남알프스 웰컴센터에서 진행되었다. 울주 오디세이는 간월재에서 할 때 그 의미와 가치가 배가 되는 것이 아닌가 싶다. 많은 사람의 준비와 노고가 필요할 것이다. 모두 힘들어 안 된다고 말할 때, 꼭 그곳이어야만 한다는 누군가가 나타났으면 한다. 장소만은 양보할 수 없다는 용감한 기획자가 나타나기를 소망해 본다. 울주 오디세이를 많이 사랑하고 좋아한다. 해마다 수많은 사람이 도전하는 영남알프스인증도 중요하지만, 울주 오디세이는 또 다른 의미와 가치를 준다.

간월재에서 열리는 울주 오디세이에서 또 다른 인생의 환희를 만나고 싶다. 영남알프스의 계절을 알리는 울주 오디세이. 간월재에서 들었던 피아노 소리가 지금도 내 귀에 들리는 듯하다.

올해 가을에는 간월재에서 바람 불어오는 그곳에서 울주 오디세이 선율을 듣고 싶다. 울주 오디세이가 바람이 되고 빛이 되고 희망이 된다면 더 바랄 것이 없겠다. 사람들 가슴에 오래 기억되는 '축제'가 되기를 소망해 본다.

(많은 사람이 내 생각과 비슷했던 걸까. 2024년 울주 오디세이는 간월재 개최 예정이었다. 우천으로 울주종합체육센터로 장소 변경되어 진행되었다.)

7.

세상의 바람을 만나다

산에는 인적이 드물었다. 이런 날 더 조심하여야 한다. 천천히 오르막길을 걷는다. 소나무 한 그루가 뿌리째 뽑혀 길을 막고 있다. 쓰러져 있는 소나무를 조심스럽게 넘었다. 다른 때보다 발걸음은 더디다.

며칠 전 초강력 태풍이 남태평양에서 발생했다는 보도가 있었다. 조마조마한 마음으로 일기예보를 주시했다. 다행히 태풍은 일본으로 방향을 돌렸다. 2019년 10월. 태풍 하기비스는 일본을 관통하면서 천문학적인 피해를 남겼다.

일정대로 산행하기로 했다. 양산 지산마을 출발이다. 축서암 소나무 숲으로 들어서니 솔잎이 길 위에 가득하다. 밤새 바람이 많이 불었나 보다. 영축산 정상에 올라서니 몸 가누기 힘들 정도의 바람이 몰아친다. 몸이 앞으로 밀려 가만히 서 있기 힘들 정도다. 사진 찍기 위해 서보았지만 바람에 떠밀려 순간 몸이 휘청거렸다. 두 다리에 힘주어 정상석 옆 넓적한 바위 위에 다시 섰다. 온몸에 부딪히는 바람에 통증이 느껴질 정도다. 바람막이가 타타타 소리내며 펄럭거렸다. 모자는 끈으로 목에 고정된 채 뒤집혀 이리저리 날렸다.

정상에 등산객 다섯 명이 전부다. 바람 한번 몰아치니 사람들이 거의 동시에 아악 소리를 쳤다. 남아있는 태풍 영향일까. 초강력 바람이다. 정상에 올랐다가 그대로 내려가려고 마음먹었는데, 저 멀리 신불산으로 이어지는 길을 바라다보니 마음이 갑자기 바뀐다. 영남알프스 하늘 억새 길로 방향을 잡았다. 어느 때보다 세찬 바람이 함께 했다.

오른쪽으로는 바위 낭떠러지다. 눈으로 보기만 해도 아찔하다. 법정 탐방로를 벗어나 릿지 산행을 즐기는 이들이 찾는 곳이다. 행복하고 즐겁기 위해 산에 오른다. 본질을 잊지 말아야 한다. 탐방로가 아닌 위험한 곳에 올라 자신의 욕망을 채우고 즐거움이 되는 일은 삼가야 한다. 누가 뭐래도 산행은 안전이 가장 중요하다.

몇 해 전 설악산 울산바위에 올랐다. 5월 초록의 계절이었다. 동해 옆에 우뚝 솟아 있는 그곳이 늘 궁금했다. 신흥사를 거쳐 흔들바위를 지나고 끝없이 이어지는 계단을 올라가야 한다. 계속 직진이다. 끝까지 오르막길이다. 길을 걷다가 고개 들어 올려다보니 아찔한 계단 길이 머리 위에 또 있다. 여기 또한 만만하지 않은 곳이다. 만만한 산은 세상 어디에도 없다.

급경사가 이어지기에 조심하고 집중해야만 한다. 고개 들어 위를 다시 올려다보니 거대한 바위가 하늘을 가리고 있다. 저 아래 흔들바위를 지날 때부터 바람이 불었다. '바람이 제법 부는구나.'라고 단순히 생각했다. 오를수록 바람 강도가 확연히 다르다.

전망대가 얼마 남지 않았다. 몇몇 사람들이 보인다. 정상이 가까워지니 바람의 기세는 더욱 강해졌다. 한순간 엄청난 바람이 몰아친다. 날려갈 것 같은 바람에 철제 난간을 꽉 잡았다. 저 위 두 사람이 난간을 붙잡고 앉아 바람이 지나가기를 기다리고 있다. 조용한 틈을 타 걸음을 옮겼다. 바람이 또다시 몰아친다. 몸이 날려갈 정도의 위력이다. 몸을 낮추고 다시 그 자리에 쪼그려 앉았다. 철제 난간을 두 손으로 있는 힘을 다해 꽉 잡았다. 처음 경험하는 바람 세기였다. 두려움이 몰려왔다. 바람이 지나가길 기다렸다. 위를 다시 올려다보았다. 중학생 정도로 보이는 남자아이 두 명이 필사적으로 난간을 잡고, 잔뜩 인상 쓴 채 버티고 있다. 그 광경을 보며 웃어야 할지 울어야 할지.

마침내 전망대 꼭대기에 올랐다. 또다시 몰아치는 바람에 몸이 휘청거린다. 나도 모르게 핸드폰을 바닥에 떨어뜨렸다. 핸드폰이 바람에 밀려갔다. 바위틈 바로 앞까지 밀려가다 멈췄다. 틈새로 떨어지지 않은 게 천만다행이었다. 바람에 밀려 틈새에 빠졌어도 어쩔 도리가 없는 상황이었다. 아찔한 순간이었다. 내 몸 역시 순간적인 바람에 저절로 앞으로 밀려 나갔다. 마음대로 되지 않았다. 자칫 방심한다면 끝이라는 생각이 들었다. 공포심을 느꼈던 날이다. 무서운 바람이었다.

　가끔 안부를 묻고 좋은 음악이 있으면 추천하며 지내는 블로그 친구
가 있다. 주로 산 이야기 일상 얘기를 나누었다. 어느 날부터 이성으
로 느끼는 감정을 보내왔다. 그의 마음이 온전히 진심으로 느껴지지
않았다. 불편했다. 나는 친구가 더 좋다고 여러 번 그에게 말했다. 어
느 날 홋카이도 여행을 가자는 말을 꺼냈다. 겨울 홋카이도에서 하얗
게 눈 내리는 날, 따뜻한 사케 한잔하고 싶다는 말을 여러 번 해왔다.
대답하지 않았다.
　나는 보이는 사람이 좋다. 약간의 허세도 용서한다. 운동을 좋아하고
산을 좋아하는 사람에게 호감이 간다. 그 사람은 내 눈에 잘 보이지 않
았다. 바다보다 산이 좋다는 나에게, 그도 산이 좋다는 대답을 했다. 진
심이 느껴지지 않았다. 바다를 좋아하는 사람도 상관없다. 굳이 거짓
으로 상대를 맞출 필요는 없다. 그는 끝없이 호감을 보내며 나에게 맞
추려고 했지만, 나는 확신이 생기지 않았다. 결국 지난겨울 다른 이와
홋카이도에 간다는 것을 알았다. 다른 일로 일본 간다고 말했지만 나는
확신했다. 양다리를 걸쳤던 걸까. 허탈했다. 내게 특별한 약속을 하지
않았지만, 계속 호감을 표시한 것은 무엇이었을까. 나는 또 그에게 무
엇을 기대한 것일까. 진실하지 않은 사람과 더 이상 대화도 소통도 하
고 싶지 않았다. 내 마음이 허락하지 않았다. 지나가는 바람이었다.

결혼 후 우리 가족과 자주 왕래하며 친하게 지내던 이웃이 있었다. 우리 집보다 일곱 살쯤 나이가 많은 집이었지만, 일주일에 한두 번 만나 밥도 먹고 노래방에도 다녔다. 주말에는 온 가족이 함께 맛있는 음식을 먹으러 다니기도 했다. 그날도 우리는 그 집 야외에서 고기를 구워 먹으며 기분 좋게 시간을 보내고 있었다. 바람이 제법 부는 날이었다. 그 집 아저씨의 그날 표정이 아직 내 눈에 생생하다.

"나는 바람 부는 날이 왜 이렇게 좋은지 모르겠네. 바람이 불면 미칠 것 같다. 가만히 있지를 못하겠다." 하며 얼굴에 행복한 미소가 가득했다. 진정 바람을 좋아하고 사랑하는 표정이었다. 당시 나는 바람 부는 날이 뭐가 좋다는 거지, 라는 생각에 그 사람이 이해되지 않았다.

어느 날부터 내가 바람이 좋아졌다. 답답하고 힘들 땐 높은 산에 올라 세찬 바람 한번 맞고 오면 살 것 같았다. 산이 좋아 올랐지만, 정상에서 만난 바람을 더 좋아하는지도 모르겠다.

바람을 좋아하다가 울산바위의 공포스러운 바람을 경험했다. 영축산의 세찬 바람에 밀려 휘청거리는 두려움을 느꼈다. 일본으로 방향을 돌렸던 최강 태풍은 삶의 터전을 파괴했다. 적당한 것이 좋겠지만 자연의 일은 아무도 예측하지 못한다. 내 삶에 불어왔던 나쁜 사람 바람을 용케 잘 비꼈다는 생각이 든다. 산에 오르면서 나는 조금 더 신중한 사람이 되었다.

8.

사리암에 오르다

2019년. 늦은 가을이었다. 하늘은 흐렸고 날씨는 쌀쌀했다. 서울 방향 1번 고속도로를 타고 가다가 언양 요금소에서 내려, 다시 국도 24호선 밀양 방향으로 진입한다. 십여 분을 달리다가 오른쪽 덕현교차로를 빠져나가 운문로로 향한다. 가파른 오르막길이다. 운문령[1]을 넘어 가면 경북 청도군이다. 운문령은 울산광역시 울주군 상북면과 경계를 이룬다.

창밖 추색은 정점을 지나 겨울로 향하고 있다. 떨어진 잎들이 바람에 뒹군다. 지나다니는 차량도 많이 없어 고요하고 한적하다. 제 몫의

---

1) 운문면에서 가장 험준한 고개이다. 운문령 좌우편으로 문복산[1,014m], 가지산[1,240m], 운문산[1,188m] 등 높은 산이 자리 잡고 있어, 지나가는 구름이 산허리를 넘지 못한 채 멈추어 구름문을 이루고 있다고 하여 운문재 또는 운문령(雲門嶺)이라 부른다. 과거 청도와 경산, 대구의 소금을 전담하던 마바리들이 통행하던 길이며, 울산과 경주에서 해물을 지고 내륙인 고령과 창녕 방면으로 지나던 상인들이 통하는 고갯길이기도 하다.
— 네이버 지식백과

일을 마친 듯 쓸쓸하면서 아름다운 자연의 모습이다. 창밖 풍경을 보며 가다 보니 어느새 운문사 주차장에 도착했다.

'여기서부터 운문사의 솔바람 길입니다' 푯말과 화살표를 보며 걸음을 옮긴다. 이른 아침 솔향기에 기분이 좋다. 천천히 길을 걸었다. 일제 강점기 송진 채취 흔적에 안타까운 마음이 올라왔다. 상처 입은 채 오랜 세월 그 자리에 꿋꿋하게 있어 주어 그저 고맙기까지 하다. 오른쪽 하천가에 아름드리 느티나무 몇 그루가 보인다. 잎은 모두 지고 앙상한 가지만 남았다. 계절은 어김없이 흐른다.

오늘 목적지는 비구니 사찰 운문사의 암자 '사리암'이다.

운문사 주차장에서 출발하여 40분 남짓 걸었을까. 사리암 주차장에 도착했다. 주차장 끝에 사리암 입구라는 푯말이 서있다. 시멘트 길을 따라 걷다 보니 급경사 돌계단이 나왔다. 암자로 올라가는 길은 쉽지 않다. 얼마 걷지 않았는데 벌써 숨이 차다. 사리암은 높은 산 절벽에 있다. 세 번 올라가서 기도하면, 한 가지 소원은 꼭 들어준다는 소문이 있을 정도로 기도발이 좋은 곳이라고 한다.

20대로 보이는 아가씨가 열심히 올라가고 있다. 나이 지긋한 부부도 보이고, 머리 하얀 할머니 한 분도 보인다. 무슨 소원을 빌러 온 걸까. 한 번 오르기에도 쉬운 곳이 아니다. 이 길을 세 번 올라가서 기도하면 한 가지 소원은 들어준다는 그 소문을, 나는 전적으로 믿고 싶었다. 가파르고 험한 산길을 세 번이나 올라가서 기도한다는 것은 그만큼 절박하다는 것이다. 정성을 다해 기도한다면 어떤 방법으로든 그 소원은 이루어질 거라는 확신이 들었다.

추석이 며칠 남지 않은 어느 날 아들 찬희가 '달님에게 소원을 빌어보아요.'라는 유치원 과제물을 내밀었다. "엄마! 달님에게 소원을 빌면 정말로 그 소원을 들어주나요?" 하고 묻는다.

"응. 돈 얼마 주세요, 투명 인간 되고 싶어요." 같은 엉뚱한 것은 안되지만, 두 손 모아서 간절히 소원 빌면 들어준다고 대답했다. 잠시 후 다시 종이를 내민다.

"엄마 아빠 이혼하지 않게 해주세요."

집 안에 무슨 일이 있다는 것을 아이들이 더 잘 안다. 주체할 수 없이 눈물이 흘러내렸다. 아무 말도 할 수 없었다. 아들을 껴안았다. 아들 눈에도 굵은 눈물이 떨어졌다. 딸 예원이가 옆으로 왔다. 그날 우리 세 식구는 서로를 끌어안고 소리 내어 울었다.

일곱 살, 열 살. 두 아이와 세상에 던져졌다. 유흥과 쾌락과 오늘밖에 없는 남자에게 내 인생을 더 이상 허비하고 싶지 않았다. 하룻밤 유흥비가 백만 원을 넘었다. 그는 수입도 제대로 없었다. 신용불량자였고 내 신용카드까지 쓰고 있었다. 카드 연체 종이가 수시로 집으로 날아 왔다. 그가 쓴 보증으로 집에 빨간딱지가 두 번이나 붙었다. 어느 날은 밤새 연락을 끊고 아침에 귀가했다. 더 이상 희망이 없었다. 그에게 성공 가능성을 기대했던 나의 잘못된 선택이었다. 더 이상 버틸 힘이 없었다. 한계가 왔다.

행복하지 않았다. 내가 선택한 이혼이었지만 막막했다. 무섭고 두려웠다. 겉으로 씩씩한 척했지만, 안으로는 한없이 작아지고 약해졌다. 나아가지 못하고 제자리를 맴돌았다. 자신감은 없어졌고 얼굴은 어두워졌다. 억울하고 분한 마음이 올라왔다. '내'가 안쓰러웠다. 내가 나를 달래주어야만 했다.

오르막이 시작되는 곳에 나무 지팡이가 준비되어 있었다. 힘들 때 지팡이는 많은 도움이 된다. 900개가 넘는 계단을 밟고 올라가야 암자에 닿을 수 있다. 많은 힘을 들여야만 한다. 암자에 오르는 과정이 작은 수행이었다. 오르막을 오르며 나 자신이 얼마나 나약한 사람인지 스스로 알아간다. 겸손을 배운다. 한 발 한 발 오르면서 순해지고 욕심이 없어지는 것 같았다.

묵묵히 그렇게 계단을 올라갔다. 돌계단이 이어지는가 싶더니 다시 시멘트 계단이 나왔다. 한참을 오르다가 깊은숨을 몰아쉬며 잠시 멈춰 섰다. 위를 올려다보니 앙상한 나무 사이로 암자 건물이 보인다. 아찔한 절벽이다. 어찌하여 저 높은 곳에 암자를 지었을까.

종무소 앞에 도착했다. 가쁜 숨을 돌리고 '관음전'으로 올라가 삼배

를 올렸다. '사리굴' 앞에 몇몇 사람이 108배를 올리고 있다. 그 옆 '천
태각' 계단 앞에 몇 명이 줄지어 서 있다. 천태각에 오르는 계단이 수
직에 가깝다. 한 사람씩 오를 수밖에 없는 곳이다. 한 계단 한 계단 오
르면서 이미 경건해지고 간절해질 장소이다. 계단 입구에서 전각을
올려다보니 쌀 포대와 과일이 쌓여있다. 많은 사람의 염원이 그곳에
있었다. 계단 아래에 서서 우리 가족의 건강과 행복을 두 손 모아 기
원했다.

공양간으로 내려갔다. 큰 접시에 밥 한 주걱과 콩나물, 미역 나물,
겨울초겉절이를 담았다. 김칫국은 공양간 봉사자가 국자로 떠 주었
다. 백설기도 한 개 받았다. 사리암 절밥이 맛있다는 소문은 익히 들
었다. 드디어 공양을 먹게 되어 설렜다. 밥 한 톨 남기지 않고 깨끗하
게 먹었다. 하얀 떡도 먹어 치웠다. 감사한 마음 담아 식당 앞 불전함
에 만 원을 넣었다.

이제야 저만치 산너울이 눈에 들어온다. 산은 벌써 겨울이 시작되었
다. 계절은 끝없이 돌고 돌아 다시 봄이 올 것이다. 내 인생에도 봄이
오고 있다는 것을 믿고 싶었다. 억울하고 분했던 마음이 조금 가라앉
았다. 순하고 선한 마음이 되어 사리암을 내려왔다. 운문사에 들러 막
바지 단풍을 구경하고 주차장으로 되돌아왔다.

내가 선택한 것은 내가 책임져야 한다. 그 선택이 잘못되었다면 궤

도를 수정해야 한다. 세상이 두렵고 타인의 시선이 무서워 그 길을 계속 간다면 그 또한 자신이 감당해야 할 몫이다. 인생의 파도를 넘어 여기까지 왔다. 내 선택을 후회하지 않는다. 아팠던 과거도 소중한 내 인생이다. 아팠던 '나'가 있었기에 지금의 내가 있다. 그때의 나를 돌아보며 나를 가만히 안아 토닥여 준다.

고통이 사람을 더 강하게 만든다고 했든가. 나약했던 내가 조금 더 단단해지고 강해졌다. 아픔이 나를 성장시켰다. 다가오는 가을에 사리암에 다시 오르고 싶다. 사리암 절밥도 먹고 싶고 사리굴 앞에 서서 굽이치는 산 너울을 다시 만나고 싶다.

제 3 장

최고의
취미는 산행

호숫가 매화 한 그루에 꽃이 활짝 피었다. 매화 향기가 코끝으로
날려온다. 행복한 찰나다. 건너 도서관이 마주 보이는 호수
전망대에 섰다. 유니스트 최고 명당은 도서관이라는
생각이 절로 든다. 가까운 벤치에 잠시 앉았
다. 봄 햇살이 따뜻하다.

1.

두 발만 있으면 오케이

십오 년쯤 지난 일이다. 9월 중순 김해 신어산에 올랐다. 직장 단합 대회를 주로 등산으로 했던 시절이다. 간식만 챙겨가서 산행하고, 하산 후 식당에서 점심을 먹기로 하였다. 남녀 직원 모두 합해서 20명 가까이 참석했던 것 같다.

등산로 입구에 다 모여 출발했다. 남자 직원 A가 아이스박스를 메고 왔다. 안에 무엇이 들어 있는지 궁금했지만, 물어보아도 가르쳐주지 않는다. 산에 올라가서 보면 알게 된다는 말만 할 뿐. 다른 남자 직원과 번갈아 손에 들기도 하고 때론 어깨에 메고 산으로 올라갔다.

햇볕이 따가운 날이었다. 다들 더워서 땀을 제법 많이 흘리며 가파른 길을 한 시간 넘게 올라갔다. 정상이 멀지 않은 장소에서 쉬어가기로 했다. 그늘에 앉아 다들 땀을 닦고 있을 때 A가 아이스박스를 풀었다. 그곳엔 얼음과 함께 가지런히 썰어놓은 전어회와 광어회, 몇 종류

술이 들어 있다. 회가 들어있을 것이라고 상상 하지 못했다. 발렌타인 17년산은 애주가인 과장이 직접 챙겨왔다는 것이다. 산에서 먹는 회는 태어나서 처음이었다. 땀 흘린 후 먹는 음식은 평상시 먹는 음식과는 달랐다. 지상에서 먹었던 '전어회'가 아니었다. 세상에서 처음 먹어보는 맛이었다. 술은 또 얼마나 달게 넘어가던지. 특별한 경험이었다.

블로그로 미국 캘리포니아에 살고 있는 사람과 소통하고 있다. 우리나라 산은 쉽게 오를 수 있는 낮은 산이 많다. 그 사람 역시 우리나라 산이 매력적이라며 한국을 방문하면 꼭 산행하고 싶다는 얘기를 여러 번 전해왔다. 미국의 산은 장거리 이동해서 산행해야 하는 경우가 대부분이라고 했다. 접근이 어렵고 마음을 먹어야 가능하다는 것이다. 미국 같은 거대한 땅덩이 나라의 산행은 생각보다 쉽지 않은 모양이다. 우리나라는 대부분 가까운 거리에 산을 끼고 있다. 내가 사는 동네만 하더라도 잠시 걸어가면 임호산에 오를 수 있다. 다른 방향에는 경운산이 있다. 언제든지 오를 수 있는 동네 산이 있기에 산을 좋아하는 사람들에게 복 받은 나라인 것이 분명하다.

어느 날 미국 친구가 산행 사진을 보내왔다. 우리나라에서 산행하는 것과 완전히 다른 분위기였다. 산행이라고 말했지만, 산행이 아니고 트레킹이었다. 사막 같은 거친 길을 걷는 것이었다. 작고 메마른 나무가 보이고 동굴을 탐험하고 작은 언덕을 오르는 것이었다.

PCT(퍼시픽 크레스트 트레일), AT(애플래치안 트레일) 같은 장거리 트레일이 잘 만들어져 있는 미국이지만, 우리나라처럼 쉽게 오를 수 있는 동네 산은 가까이 없는 것 같다.

몇 해 전 친구와 한라산에 오른 적 있다. 따뜻한 6월이었고 한라산 철쭉을 보기 위한 산행이었다. 영실에서 출발하여 윗세오름에 올랐다. 남벽 분기점까지 갔다가 윗세오름으로 되돌아와 어리목으로 하산하는 중이었다. 사제비동산 근처에서 휠체어를 탄 사람을 보게 되었다. 나이가 50대 초쯤 되어 보이는 여자였다. 함께한 일행이 네다섯 명 되었던 것으로 기억한다. 앞에서 끌어주고 뒤에서 도와주며 큰 소리로 이야기 나누며 즐겁게 하산하는 모습을 보았다. 윗세오름에 올랐는지 아니면 올라가다 중간에 되돌아왔는지는 궁금하지 않았다. 휠체어를 타고 그곳까지 올라왔다는 그 용기와 도전이 놀라웠다. 그날 내가 보았던 휠체어를 탄 사람과 일행들의 밝은 미소, 유쾌한 웃음소리가 아직도 내 기억에 또렷이 남아 있다. 세상에 불가능한 것이 많이 없다는 것을 알게 된 날이었다. 휠체어 문제가 아니라 마음이 중요하다는 사실을 새삼 느끼게 되었다. 휠체어를 탄 사람이 대단해 보였다. 함께한 일행들은 더 괜찮은 사람으로 보였다.

내 주위에 몸 불편한 친구가 산행 가고 싶어 한다면 기꺼이 동행 해주고 싶은 마음이 들었다. 내 시간을 기필코 내고 싶었다. 무서워하고 두려워하는 사람이 산행할 수 있도록 기꺼이 도와주고 싶다. 그런 기회가 내게 온다면 놓치지 않겠다.

그날 산행했던 휠체어 탄 일행들은 생애 가장 기억에 남을 산행을 했을 것이다. 물론 힘들었을 것이고 아찔한 순간을 겪었을지는 모르겠다. 그럼에도 휠체어를 타고 산행을 시도했다는 그 자체가 많은 사람들에게 자극되었을 것이고 도전의 계기가 되었을 거란 생각은 확실하다.

20대 여름. 불볕더위에 중산리에서 땀을 뻘뻘 흘리며 지리산에 올랐다. 두 번째 날 천왕봉으로 오르는 길에 한 가족을 만났다. 30대 초반으로 보이는 남자는 자신의 키보다 더 큰 배낭을 짊어지고 있었고, 그 뒤를 걷고 있는 여자는 양산을 쓰고 5, 6개월쯤으로 보이는 아기를 등에 업고 있었다. 얼마나 산을 좋아하면 어린 아기를 업고 산에 왔을까. 그날 보았던 모습이 아직도 눈에 생생하다. 엄마 등에 업혀 생애 처음으로 지리산에 올랐을 그 아기. 지금 어떤 사람으로 성장했을까 궁금하다. 이제 나이 서른은 훌쩍 넘었으리라.

누구나 산에 오르는 목적이 있다. 그냥 산이 좋아서 가는 사람도 있을 것이고, 산을 특별히 좋아하지 않지만, 주위 친구 따라 산에 가기도 할 것이다. SNS 인증을 위해 산에 가는 사람도 있을 터이다. 저마다 목적을 모두 존중한다. 어떤 목적을 가지고 산에 오르든 산은 혼자서 두발로 올라가야 한다는 사실은 변함이 없다. 힘들고 고통이 따른다. 땀을 흘려야만 정상에 설 수 있다는 것이다. 성취감은 덤이다.

등산 인구가 증가하면서 아웃도어 관련 사업도 커지고 있다. 여러 해 전에 직장 복지포인트로 등산용 고어텍스 노란 색상 상의를 샀다. 한여름을 제외하고 사계절 입을 수 있는 옷이다. 9년째 이 옷을 입고 있다. 봄, 가을에 주로 입고 겨울에도 보온용 옷을 안에 입고 겉에 이 옷을 입으면 따뜻하다. 친구들이 말을 건넨다. 그 옷 잘 어울린다, 색깔도 예쁘다고. 그런 말을 들으면 나 역시 기분 좋아진다. 아직 10년은 더 입을 수 있을 것 같다.

등산복. 여러 벌 갖지 않아도 산행을 즐길 수 있다. 내가 아끼고 좋아하는 옷 한두 벌이면 충분하다. 오육십 대 아저씨 아줌마가 몸에 딱 달라붙는 옷을 입고 산행하는 경우가 가끔 있다. 보기에 불편하고 민망하기까지 하다. 복장은 자유지만 다른 사람을 불편하게 하는 복장은 피했으면 좋겠다.

동네 산부터 오르면 된다. 가까운 산이 최고다. 직접 올라 보면 알게 된다. 산에 오르는 즐거움을, 땀 흘린 뒤 정상에서 만나는 바람의 맛을, 같은 산이지만 계절마다 다른 산을 만나는 기쁨을, 산 위에서 먹는 생선회의 깊고 오묘한 맛을.

감기로 한동안 산에 가지 못했다. 산에 오르고 싶은 마음이 간절했다. 그 후 매주 토요일 영남알프스에 올랐다. 산에 올라 흘리는 땀은 감기로 고생하며 흘렸던 땀과는 다르다. 내 안에 쌓여 있던 나쁜 것이 모두 밖으로 나가는 것 같았다. 몸은 점점 가벼워졌고 정신조차 맑아졌다. 땀이 고마웠다. 감기 전의 몸으로 회복되었다.

등산하고 싶다는 사람 주변에 많다. 막상 함께 가자고 하면 이런저런 이유와 핑계가 나온다. 그 마음 충분히 이해한다. 나도 예전엔 그랬다. 작정하고 산에 한 번 오르고 나니 그 기분이 황홀하기까지 해서 지금은 매주 산으로 향한다.

돌아오는 주말엔 다시 임호산에 오를 것이다.

2.

공룡능선, 그 까칠함에 반하다

가끔 무리한 운동에 도전한다. 몸과 마음이 허락할 때다. 더 해낼 수 있겠다는 자신감이 생기는 날은 생각지도 않은 일에 나를 맡긴다. 그 시간이 모여 체력이 나아진다는 것을 시간이 흐른 뒤 알게 되었다.

고통 후의 성취를 한 번이라도 맛본 사람이라면 그 유혹을 잊지 못할 것이다. 영하 수십도 추위에 아랑곳하지 않고 북극곰 수영 대회에 참가하는 자들, 철인 3종에 도전하는 사람들, 사하라사막 마라톤 참가자들, 몽골 고비사막 마라톤 도전자들 등 모두 자신의 한계에 도전하는 이들이다.

인간의 한계는 어디까지일까. 누군가 정해주는 한계는 세상에 없다. 자신이 선택하고 준비하고 책임지면 된다. 시작하는 것도 그만두는 것도 모두 자기 자신이다. 끝까지 해내는 것 역시 본인의 일이다.

평상시 스포츠 방송을 즐겨본다. JTBC 프로그램 〈뭉치면 찬다〉를 좋아한다. SBS의 〈골 때리는 그녀들〉도 가끔 본다. 〈뭉치면 찬다〉의 출연자들 모두 국가대표 출신이다. 축구는 모두 아마추어였다. 연습과 훈련을 거듭하면서 축구 선수로 기량이 늘어가는 것이 보인다. 〈골 때리는 그녀들〉도 마찬가지다. 연습과 노력이 얼마나 중요한지 알게 되는 프로그램이다. 땀 한번 흘린 사람과 열 번, 백 번 흘린 사람이 어떻게 같을 수 있을까. 고통과 땀은 우리를 배신하지 않는다. 'No pain no gain'은 진리다.

10년 동안 '카카오스토리'에 일상을 적어 왔다. 주로 산행 이야기이다. 어느 날 영남알프스 산행기를 카카오스토리에 올렸다. '너무 무리하지 마라'는 친구의 따뜻한 댓글이 달렸다. 남편 따라 산에 갔다가 거의 업혀서 내려왔다는 친구다. 그 친구가 보기에 천 미터급 높은 산을 수시로 오르내리는 내가 걱정스러웠던 모양이다. 가끔은 무리하고 싶다는 답글을 올렸다. 나의 진심이었다. 한 번씩 시도하는 그 무리함이 내 체력을 한 단계 올려 주었다는 것을 알기 때문이다.

'좋은친구들산악회' 회원 10명이 영남알프스 복합웰컴센터에 모였다. 산악회 활동 초기였다. 목적지는 신불산 공룡능선이다. 험하고 힘들다는 것은 알고 있었다. 자신 없다는 친구들이 있었기에, 두 코스로 나누어 산행하기로 했다. 첫 번째는 홍류폭포를 지나 공룡능선과 칼바위로 신불산에 오르는 코스이고, 두 번째는 임도로 간월재까지 걸어간 다음 신불산에 오르는 코스이다. 신불산에서 만나자고 약속하고 산행을 시작했다.

성수와 도영, 금순, 권주, 나. 다섯 명이 신불산 공룡능선 코스를 택했다. 처음 오르는 곳에 대한 설렘이 있었다. 2번 코스 팀과 인사를 나눈 후 신불산공룡 쪽으로 향했다. 조금 걷다 보니 홍류폭포가 나왔다. 수량이 많지 않았지만, 규모는 상당하다. 단체 사진을 남기고 다시 산을 오른다. 급경사 오르막길이다. 가빠오는 호흡을 조절하며 걸음을 계속 옮긴다.

무엇 때문에 이 힘든 산에 오르는 걸까. 왜 고통을 선택하여 이 오르막길을 오르는 것일까. 갑자기 조용필의 〈킬리만자로의 표범〉 노래 가사가 생각났다. 그래. 묻지 마라다. 다들 저마다의 이유가 있다. 그이유가 무엇이든 나름의 가치가 있다. 오르막을 계속 올랐다. 땀이 온몸을 타고 흐른다. 얼굴은 이미 땀 범벅이다. 공룡능선을 선택했기에 감당해야만 한다. 힘들고 고통스러워도 참아내야 했다.

밧줄이 드리워져 있는 거대 암벽이 나왔다. 사람들이 줄지어 서 있다. 차례를 기다렸다. 두려움과 설렘으로 줄을 잡았다. 두 손으로 줄을 잡고 바위를 한 발 한 발 디뎌 오른다. 엉덩이가 간질거리지만 한편으로는 짜릿하다. 바위 위에 오른 후 아래쪽을 내려다보았다. 줄을 타고 내가 방금 올라온 길이 맞나 싶을 정도로 급경사 바위다. 줄 타고 올라오는 친구들 얼굴을 보니 무서워하면서도 즐거워하는 표정이다. 그 순간을 사진에 담는다.

　본격적인 칼바위 능선이 나타났다. 고개 들어 위를 올려다보니 많은
사람이 두 손으로 바위를 짚으며 지나고 있다. 건장한 남자가 네발로
기어가는 모습이 사뭇 진지하다. 그 모습에 한 편으로 웃음이 나왔지
만, 마냥 웃을 수 없는 광경이다. 우리도 그렇게 올라야 한다. 내 몸을
내가 지켜야 한다는 생각에 마음을 다시 낮춘다. 우리 일행도 한 사람
씩 칼능선을 네 발로 기어오른다. 능선 왼쪽은 산등성이와 연결되어
있지만 우측은 아찔한 낭떠러지이다. 잠시 발을 헛디딘다면 저승길이
다. 위험하고 소름 돋는 곳이다. 집중해야만 한다. 네발로 기어가다가
다시 두 발로 걷는다. 칼날 능선을 통과하니 온몸이 땀으로 젖었다.
숨도 차다. 공룡 등뼈 한 부분을 지나왔다.
　다시 공룡 바위로 이어진다. 지나온 바위보다 수월하다. 먼저 위에
오른 성수가 지팡이를 받아주며 발 디딜 곳을 찾아준다. 발 디딜 자
리가 마땅치 않은 곳은 다리를 더 넓게 벌려 디딜 곳을 찾아야 한다.
말 타듯이 우리는 바위 위에 올라탔다. 한 줄로 나란히 공룡 등에 올
라 사진 찍는 여유까지 부린다. 거칠고 사나운 바위 위를 무사히 통과
했다. 티라노사우루스의 등처럼 뾰족하고 울퉁불퉁하다. 네발로 기어
올라오는 사람들을 보니, 다시금 오금이 저린다.

공룡능선을 지나 위쪽에 올라 아래쪽을 내려다보았다. 안전하게 올라온 것에 비로소 안도한다. 시원한 물 한 잔이 달콤하다. 불어오는 바람은 어느 때보다 시원하다. 공룡능선을 함께 지나온 친구들에게 뜨거운 동지애가 느껴졌다.

설악산 공룡능선을 꿈꾼다. 누군가 이야기했다.

"설악산 공룡능선은 가보지 않은 사람은 있어도 한 번만 가본 사람은 없다."라고.

설악산에서 가장 힘든 등산 코스이다. 공룡능선을 한 번이라도 갔다오게 되면 그곳의 매력에 빠져 또 가게 된다는 얘기다.

힘든 일을 견뎌야 더 높은 곳으로 나아갈 수 있다. 고통을 이겨내는 것은 나를 더 확장해 나가는 일이다. 설악산 공룡능선은 아직 미답의 장소지만, 신불산 공룡능선은 여러 번 올랐다. 아찔한 경사 앞에서 두렵고 무서운 생각이 들었지만, 마음을 다잡았다. 한 발짝 한 발짝 조심히 올랐다. 공룡능선의 짜릿한 매력도 결국 그 고통을 극복하는 데 있었다.

3.

국도 24호선과 지관서가

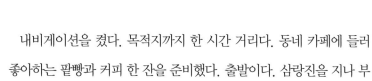

　내비게이션을 켰다. 목적지까지 한 시간 거리다. 동네 카페에 들러 좋아하는 팥빵과 커피 한 잔을 준비했다. 출발이다. 삼랑진을 지나 부산 대구 간 고속도로에 진입한다. 얼마 지나지 않아 남밀양을 지나고, 밀양 요금소를 통과해 국도 24호선 울산 방향으로 들어섰다.

　밀양시 산외면과 표충사 갈림길을 지난다. 산내면 원서리에 접어들면 산의 기세가 등등하다. 잠시 뒤 운문산이 갑작스럽게 등장한다. 왕복 4차선 도로는 산과 가장 가까운 장소에 이른다. 누구나 이곳을 지날 즈음 우뚝한 운문산에 시선이 갈 것이다.

　오른쪽으로 천황산과 재약산 줄기가 엄준하고 멋있다. 저 멀리 가지산은 하늘 위로 치솟아있다. 얼음골을 지나자 호박소 터널이 시작된다. 비교적 짧은 터널을 벗어나면 교량이 나오고 곧 가지산 터널[2]로 연결된다. 끝없이 이어지는 긴 터널이다.

두 눈은 벌써 어둠에 지쳐 저 멀리 터널 출구를 찾고 있다. 터널을 통과하자마자 좌측으로 가지산 쌀바위가 시선을 끈다. 바로 눈앞으로 고헌산이 나타난다. 나도 모르게 눈 동그랗게 뜨게 되는 정경이다. 가지산 터널을 통과하면 '울밀선'이라는 작은 팻말이 도로 가장자리에 서있다. 국도 24호선 밀양에서 울산 구간이다. 울밀선을 달려 KTX 울산역을 지난다. 울산으로 향하는 길 오랜만이다. 결혼 초기 울산 큰집에 제사 지내러 오갔던 생각이 떠올랐다. 큰 시아버지는 나를 많이 예뻐해 주셨는데. 벌써 하늘나라에 가셨을 테다. 지난 시간은 사람을 아리게 하는 무엇이 있는 것 같다. 돌아갈 수 없는 곳, 돌이킬 수 없는 일이라면 더욱더.

유니스트 갈림길이 나왔다. 우측으로 빠져나가 좌회전하니 유니스트 정문 교차로다. 내비게이션은 다시 우회전으로 안내한다. 후문 방향이다. 학교 안 주차구역 표시를 해놓은 곳에 안전하게 주차했다. 차에서 내려 천천히 길을 걸었다. 소나무 사이로 작은 연못이 보인다. 입구 안내판을 읽어보니 '가막못'이다. 소나무 숲 나무 데크 위에 테이블과 의자가 몇 개 놓여있다. 가장자리에 앉아있는 한 청년이 있어,

---

2) 경남에서도 몇 안 되는 1,000m대 산인 가지산을 통과하기 때문에 길이가 무지막지하게 길다. 울산 방면 터널 4,580m, 밀양 방면 터널 4,534m로 대한민국에서 일반국도상의 터널 중 보령 해저터널, 진해터널, 배후령터널에 이어 4번째로 길다. — 위키백과

가까이 다가가 그 모습을 슬쩍 훔쳐보니 가막못을 하염없이 바라보고 있다. 어디에 몰두해 있는 모습은 언제나 나의 시선을 끈다.

오른쪽으로 걸음을 옮겼다. 저만치 보이는 산 계곡에서 흘러내린 물이 호수로 들어간다. 개울 위에 놓인 돌다리에 올라서, 연못 위 거위 두 마리가 노니는 것을 구경했다. 주둥이를 끝없이 놀려 물속에 먹이를 찾고 있는 모습이 신통하고 귀엽다. 돌다리를 지나 계단을 몇 개 올라서니 야외 테라스가 있는 건물이 나왔다. 학교 식당이다. 이렇게 멋진 자리에 식당이라니. 테라스에도 테이블이 여러 개 있다. 호수를 바라보며 식사할 수 있는 호사라니. 춥지 않은 날에는 저 야외 자리가 치열할 것이라는 생각이 들었다.

다시 걸음을 옮겼다. 유치원생으로 보이는 아이 두 명이 저 앞에서 걸어온다. 안녕하며 웃어주었다. 그 아이들도 인사하며 덩달아 웃는다. 아이들을 보면 그저 기쁘고 기분이 좋다.

호숫가 매화 한 그루에 꽃이 활짝 피었다. 매화 향기가 코끝으로 날려온다. 행복한 찰나다. 건너 도서관이 마주 보이는 호수 전망대에 섰다. 유니스트 최고 명당은 도서관이라는 생각이 절로 든다. 가까운 벤치에 잠시 앉았다. 봄 햇살이 따뜻하다.

가막못 절반을 걸었다. 오른쪽 화단에 키 작은 소나무가 눈에 들어온다. 울산과학기술원 개원 기념식수다. 좌측 호숫가엔 소나무가 열 그루 정도 서있다. 다른 쪽에는 유니스트 학교 로고 구조물이 세워져 있다. 그 옆 붉은 벤치에서 한 여학생이 전화 통화를 한다. 오후 태양은 서쪽으로 기울었다.

유니스트 캠퍼스를 거닐었다. 눈앞에 집중하니 모든 풍경이 아름답고 소중하게 다가온다. 봄 햇살을 즐기며 산책한 시간이 만족스럽다. 도서관 건물로 이어지는 다리가 나왔다. 다리를 건너면 바로 도서관이 있는 학술원 건물이다.

문을 열고 건물 안으로 들어간다. 입구 중앙에 그랜드 피아노가 놓여 있다. 학생들의 자발적 신청을 받아 연주회를 연다고 한다. 로비 안쪽으로 들어가니 길고 넓은 테이블에 책이 진열되어 있다. '유니스트에서 추천하는 책'이라는 메모가 눈에 띈다.

한쪽 벽에 '지관서가' 상호가 보였다. 긴 복도를 걸어 안으로 들어갔다. 빈자리가 보이지 않는다. 기둥 옆 호수가 보이는 자리 하나가 비어 있다. 가방을 내려놓고 주문대로 갔다. 무인주문기를 이용하여 주문한 후, 다시 자리로 돌아와 에코백에서 프랭크 스마이드의『산의 영혼』을 꺼냈다.

잠시 후 주문 번호 부르는 소리가 들려 다시 카운트로 갔다. 사람이 많아서 유리컵이 다 나갔다며 일회용 컵에 음료를 담아준다. 자몽도 한 개밖에 남지 않았다는 말을 건넨다. 힘든지 직원 얼굴에 땀방울이 맺혔다. 자리로 돌아왔다. 음료를 저어서 마셔보니 단맛이 적고 자몽 맛이 많이 난다. 공공목적으로 설립된 북 카페라 다르다는 생각이 들었다. 책을 펼쳤다. '등산이 위대한 것은 성공이 아니라 행동하고 경험하는 속에서 값진 진리를 얻는다는 것이다.' 밑줄을 그었다. 50분이 흘렀다.

자리에서 일어나 카페 안쪽으로 들어가 보았다. 책이 있는 공간이다. '인생'을 주제로 책을 구분 정리해 놓았다. 첫 번째 주제는 침묵이었다. 그림책, 사진 책 등 다양한 종류의 책이 진열되어 있다. 『꽃들에게 희망을』, 『나무를 심은 사람』 등이 눈에 띄었다. 그 옆에 산 표지의 책 한 권이 눈에 들어왔다. 책 제목이 『블루 마운틴』, 임채욱 사진첩이다. 책을 펼치니 산 사진이 책 양면을 꽉 채우고 있다. 사진이 아니라, 직접 산에 올라 그 풍경을 마주하고 있는 느낌이다. 가까운 산은 검은색 산으로 표현하였고 멀리 떨어진 곳은 푸른 산, 더 멀리 있는 산은 하얀 산으로 표현했다. 사진은 두루마리 화전지에 인화한 그림이라고 설명해 놓았다. 산 사진 한 장이 주는 침묵의 메시지가 마음을 끌었다.
  다른 한쪽에 있는 명사 추천 코너까지 모두 둘러보았다. 책이 있는 공간에 있는 스스로가 조금 더 근사하게 느껴졌다. 지관서가[3]의 시간을 뒤로 하고 가방을 다시 챙겼다.

---

3) 지자체에서 유휴 공간을 제공하고, SK에서 재원을 기부하고, 플라톤 아카데미가 기획한 도서공간조성사업이다. 서울대 인문확산센터와 인문360이 도서 큐레이션과 콘텐츠 제작에 참여했으며, 건축사무소 리옹이 공간을 디자인했다.
                                                                    − 지관서가止觀書架 홈페이지

카페 '지관서가'는 집에서 한 시간 달려갈 만큼 나에게 충분한 장소였다. 유니스트의 가막못 산책 시간은 여유로웠다. 책을 읽고, 진열된 책 공간을 둘러본 시간은 고즈넉하고 만족스러웠다.

해가 서쪽으로 넘어가고 있다. 갔던 길을 되돌아 집으로 돌아왔다. 국도 24호선에서 만났던 영남알프스 풍경에 설레고 행복했다. 지관서가에서 보낸 시간은 나에게 충실한 시간이었다.

사람은 누구나 자기가 원하는 일을 하며 살기를 원한다. 본인의 내면에서 솟구치는 일, 그 일을 해야 행복하고 즐겁다. 누구의 눈치도 볼 이유가 없다. 다른 사람 흉내를 낼 필요도 없다. 결국 자기가 원하는 길을 가는 것이 진짜 삶 아닐까.

4.

자전거와 산

중학교 3학년 때 자전거 타는 법을 배웠다. 그 이후 자전거 탈 일이 많이 없었고, 자연히 자전거와는 거리가 멀어졌다. 몇 해 전 중학교 친구 경숙이가 자전거 타러 가자고 연락을 해왔다. 경숙, 도영 두 친구와 약속을 잡았다.

2020년 3월. 버드나무 연두 새순에 마음 설레는 날이었다. 부산 삼락 체육공원 주차장에 모였다. 경숙이는 집 근처 온천천에서 자전거를 몇 번 탔다고 한다. 차 트렁크에 자기가 탈 자전거를 싣고 왔다. 여유분 자전거를 한 대 더 가지고 왔는데, 크기가 작은 초등학생용이다. 도영과 나는 자전거를 대여하기로 했다.

두려움 반 설렘 반으로 자전거를 골랐다. 생태공원 대여점 앞에 넓은 공터가 있었다. 몇 년 만에 자전거를 타는 것인가. 너무 오래되어 기억나지도 않는다. 제대로 자전거를 탈 수 있을까 싶었다. 안장을 키 높이에 맞추고 자전거에 올랐다. 처음엔 균형도 제대로 잡지 못하고 비틀거렸다. 공터를 몇 바퀴 돌아보니 예전 감각이 살아났다. 제법 잘 타진다. 원을 그리며 몇 바퀴 더 연습한 후 낙동강 자전거 길을 따라 올라갔다.

이른 봄. 버드나무 어린 새순을 보니 기분이 더욱 좋아졌다. 낙동강 자전거 종주길 이정표를 따라갔다. 자전거 위에서 맞는 바람은 두 발로 걸을 때 바람과 다르다. 더 부드럽고 시원했다. 온몸으로 스며들었다. 몸과 마음이 봄처럼 꿈틀거렸다.

신나고 즐거워 자전거 위에서 소리 내어 히히거렸다. 페달을 밟는 발과 다리에 힘이 들어갔고, 그만큼 자전거는 앞으로 잘 나아갔다. 새로운 도전은 언제나 흥분되고 설렌다.

열심히 달려 화명동 생태공원 쉼터에 도착했다. 간식으로 챙겨온 고구마와 사과를 먹으며 쉬고 있었다. 60대 초반으로 보이는 부부가 우리 옆에 자전거를 멈춰 세운다. 아주머니 포스가 예사롭지 않다. 아마추어가 아니라 전문 선수처럼 보였다. 부부는 자전거 탄 지가 오래되었다고 한다. 우리를 보더니 안전모를 쓰지 않으면 위험하다는 말을 건넨다. 우리는 안전모를 써야 하는 것을 인지하지 못했다. 나는 털모자를 썼고 경숙이와 도영이는 야구모자를 쓰고 있었다.

그 아주머니는 자전거를 타면서 두 번이나 병원에 입원했다는 자신의 이야기를 꺼냈다. 한번은 다리가 골절되었고 또 한번은 팔이 부러 졌다고 한다. 자전거가 좋은 운동이지만, 생각보다 위험한 운동이라 며 무엇보다 사고 예방이 중요하다는 말을 일러준다.

뒤따라오면서 우리가 자전거 타는 모습을 지켜본 모양이다. 페달 발 판에서 앞 삼분의 일 위치에 발바닥을 올려야 한다는 것도 설명해 주 었다. 그동안 내가 놓기 편한 자리에 발을 올려 자전거를 탔다. 아주 머니의 사고 경험과 안전에 대한 주의 설명을 듣고 나니 더욱 조심히 타야겠다는 생각이 들었다. 무슨 일이든지 즐기기 위해서 안전은 기 본이라는 것을 다시 한번 점검하게 되었다. 자전거 위에 올라 발바닥 위치를 서로 확인하며 다시 출발한다.

자전거 타는 사람들이 많다는 것을 그동안 알지 못했다. 자전거 타 기 최적의 계절이 돌아온 것이다. 온 누리에 봄이다. 바람은 시원하고 햇볕은 따뜻하다. 피어나는 꽃과 새 세상에 마음이 부풀어 올랐다.

화명동을 지나 양산에 접어들었다. 왼쪽엔 낙동강이 흐르고 오른쪽 은 기찻길이다. 두 바퀴로 달리면서 아름다운 풍경을 눈앞에서 볼 수 있으니, 차로 다닐 땐 보이지 않는 풍경이다. 자전거 여행에서만 볼 수 있는 광경이다. 산과 강과 언덕, 자전거 타는 사람들마저 풍경의 일부가 되었다.

자전거 타는 일이 이렇게 재미있다는 것을 그동안 왜 몰랐을까. 에너지가 솟아올랐다. 허리 아프다는 이유로 꾸준히 실내 자전거를 탔던 덕분일까. 엉덩이 쿠션 바지를 입지 않았는데도 엉덩이가 아프지 않았다. 즐겁고 신이 났다.

어느새 양산 물문화관에 도착했다. 20km를 달려간 것이다. '낙동강 자전거 종주 인증'하는 곳이다. 우리는 대단한 일을 해낸 것처럼 손뼉을 치며 자축했다. 손등에 인증 도장을 찍고 셋이 함께 기념사진을 남겼다.

돌아오는 길, 양산 황산공원 키 큰 갈대밭 앞에 멈춰 섰다. 자전거 타고 가는 앞모습과 뒷모습을 번갈아 가며 사진을 찍었다. 즐겁고 좋아서 웃고 떠들었다. 커피차에서 달걀과 커피를 사 먹으며 땀을 식혔다. 출발했던 삼락공원으로 오후 늦게 되돌아왔다. 왕복 40km. 5시간 자전거를 탔다. 중학교 때 자전거 타는 법을 배운 이후 이렇게 긴 시간을 탄 것은 처음이었다. 자전거를 처음 배운 사람처럼 스스로 대견했던 날이었다.

잔디밭에 자리를 깔고 늦은 점심을 먹었다. 허기진 배가 넘치도록 먹고 또 먹었다. 자전거 탈 기회를 만들어 준 경숙이가 고마웠다. 망설였던 나에게 함께 가자고 얘기해준 도영이에게 감사했다. 자전거 매력에 푹 빠졌던 날이었다.

일주일 지난 후 다시 양산 황산공원으로 갔다. 자전거를 대여했다. 물금역에서 원동 가야진사까지 왕복 22km를 탔다. 다음 날 산행계획이 있어 가볍게 탄 셈이다. 낙동강 자전거 종주 욕심이 생겨났다. 자전거를 구매하고, 엉덩이에 쿠션이 들어 있는 자전거 전용 바지를 샀다. 헬멧과 자전거용 작은 가방도 사들였다. 국회의원 선거가 있는 임시공휴일. 아침 일찍 투표를 마치고 자동차에 자전거를 싣고 삼랑진으로 향했다. 삼랑진에서 낙동강 하류 방향으로 양산 가야진사까지 갔다가 되돌아왔다. 시간 여유가 있어 다시 낙동강 상류 방향인 밀양 삼상교까지 갔다가 돌아왔다. 33km를 탔다.

그다음 주말에 삼랑진 낙동강역에서 함안보까지 왕복 70km를 탔다. 오롯이 자전거와 하루를 보낸 날이다. 많이 달렸고 많이 쉬었다. 아름다운 자전거 길에 푹 빠져 보낸 시간이었다.

어느 날 산행하면서, 앞서 걷는 나에게 친구가 말했다.

"지원아! 성큼성큼 잘 걷네. 보폭이 커졌어!"

자전거를 타고 난 후 알게 되었다. 내 발걸음이 이전보다 가벼워졌음을, 보폭이 더 커졌음을, 산을 오를 때 덜 힘들다는 것을. 자전거를 통해 내 체력은 한 뼘 더 좋아졌다.

자전거 타는 것 역시 힘 드는 운동이다. 당연히 숨도 많이 찬다. 강한 바람을 만나면 힘내어 페달을 저어야 한다. 두발을 부지런히 움직여야 앞으로 나아갈 수 있다. 힘든 오르막을 만나면 재빨리 기어를 바꾸고, 두발을 더 빠르게 저어야 한다. 그래야 중도에 멈추지 않고 오르막을 넘는다.

　자전거와 산은 다른 것이 아니었다. 자전거를 통해 산이 더 가까워졌다.

갈수록 사랑하게 되더라

2016년 12월. 고헌산을 처음 만났다. 산행 순위에서 항상 밀렸던 산이다. 결국 날을 잡았다. 봄날같이 따스한 날이었다. 지금은 영남알프스 완등 인증을 위해 최단 거리 산행을 많이 한다. 주로 경주 산내면 외항재에서 오른다. 당시는 주로 고헌사 코스로 올랐다.

울주군 상북면 궁근정리 고헌사에 도착했다. 절 입구에서 산을 올려다보니, 부드러운 능선이 눈에 들어온다. 절 뒤쪽 등산로 입구라는 팻말을 따라 산으로 들었다. 돌계단이다. 조금 오르다 보니 굴참나무 숲이 나왔다. 간간이 보이는 소나무를 제외하고는 모두 참나무다. 길에도 숲에도 온통 낙엽 세상이다. 앙상한 가지의 나무 숲길을 따라 오르막으로 향한다. 낙엽 밟는 소리가 고요한 숲속에 유난히 크게 울렸다.

친구와 나는 말없이 걸었다. 오르막을 한참 올랐다. 키 크고 둥치가 큰 참나무들이 어느새 작은 둥치 나무들로 바뀌어 있었다. 키도 작아졌다.

참나무류는 전 세계 600여 종이 있는데 주로 북반구와 온대와 열대 지방에 자란다고 한다. 우리나라 내륙에는 다음의 여섯 종류가 흔하다. 떡갈나무, 신갈나무, 굴참나무, 상수리나무, 졸참나무, 갈참나무다. 사전 찾아가며 열심히 공부할 때는 정확히 구분되었다가, 한참 지나면 다시 헷갈려 그냥 '참나무'라고 부르고 만다.

한 시간 조금 넘게 걸었을까. 오르막을 계속 오르다 보니 참나무는 더 작은 나무로 변해있다. 가지가 옆으로 벌어져 있는 키 작은 나무가 또 다른 군락을 이루고 있다. 나무 구경하며 숲길을 걷다 보니 갑자기 거대한 돌탑이 불쑥 얼굴을 내민다.

정상이다. 숨이 차 헐떡거리며 오르막을 오르고 있는데 갑자기 정상석이 나타나니 무척이나 반갑다. 참나무 숲을 빠져나가니 바로 산 꼭대기다. 정상이 봉우리가 아니고 넓은 터가 있는 산이다. 돌탑 옆에는 영남알프스 로고의 고헌산 정상석이 서 있다. 1,034m. 그 옆에 자동차 번호판보다 조금 더 큰 직사각형 검은색 정상석이 하나 더 있다. 고헌산은 영남알프스 천 미터 이상 봉우리 9봉 중 가장 낮은 산이다. 정상석 뒤에는 백두대간 낙동정맥이 낙동강 동쪽을 따라 내려오다 영남알프스에 이르러 고헌산을 처음 만난다는 글귀가 쓰여 있다.

정상석 앞 나무 데크 전망대에 있다. 서쪽으로 가지산 줄기가 멋지게 뻗어 있다. 남쪽으로 조망되는 산줄기도 시원스럽다. 저 멀리 간월산에서 이어지는 신불산 영축산 봉우리가 희미하게 보인다. 언제 보아도 멋진 능선이다. 산 아래로 언양 들판과 마을이 넓고 훤하다. 산 위에서 바라보는 산과 들판은 언제나 가슴 뚫리는 풍경이다. 그저 기분 좋아진다.

이른 아침 두 뺨에 닿는 차가운 공기가 상쾌하다. 천천히 서봉으로 걸음을 옮겼다. 저 멀리 산 능선에 안개가 가득하다. 안개 위로 솟아 있는 풍경이 한 폭의 산수화 같다. 우리 집 거실에 걸어놓고 싶은 그림이다. 고헌산 정상에서 10분을 더 걸어 고헌산 서봉에 도착했다. 고헌산 정상보다 서봉이 더 높다. 작고 귀여운 정상석에서 인증사진을 한 장 남긴다. 서봉에서 바라보이는 경주 산내면 문복산 능선이 멋스럽다. 문복산 산길이 한눈에 보이는 듯하다. 역시 알고 나니 자세히 보이고, 자세히 보니 더 사랑스럽다.

2024년 2월, 눈 쌓인 고헌산을 다시 찾았다. 상주에서 홀로 산행 왔다는 여자를 만났다. 정상에서 사진을 서로 찍어 주었다. 산을 좋아하고 운동을 좋아한다는 그녀. 갑상샘암 판정을 받고 3개월 전에 수술했다며, 스스로 받아들이기 힘들어 한동안 무기력했다는 말을 나에게 들려준다. 산이 너무 그리워 가족 몰래 산행 왔다는 그녀. 산을 좋아하는 그 마음을 조금은 이해할 수 있었다. 산에서 만나는 사람은 그냥 친구가 된다. 산을 함께 내려오면서 눈 쌓인 문복산을 배경으로 사진

한 장 찍어 건네니 무척 좋아한다. 그녀의 건강과 행복을 빌었다.

여러 번 가다 보니 멋진 사진 촬영 장소를 자연스럽게 알게 된다. 길가 나무들, 돌멩이조차 다시 보인다.

오래전부터 영남알프스를 좋아했다. 영축산에서 신불재 하늘 억새길 구간을 특히 좋아한다. 해마다 그 길을 걷는 것은 내게 가을날 숙제이다. 누구보다 먼저 걷고 싶어 안달했다. 빨리 다녀오고 싶었다. 친구들과 함께 걷기도 했지만, 혼자 더 많이 걸었다. 오롯이 혼자 걷는 길이 좋을 때 많았다. 많은 곳에 발자국을 남겼다. 영남알프스를 누구보다 사랑하고 아끼는 마음 가득하다. 돌길 흙길 바위길 모두. 나무 한 그루조차도 좋았다. 높고 넓은 그 품에서 힘을 얻었다. 어느 한 곳도 사소하지 않았다. 가는 곳곳마다 소중하고 귀했다.

최근 영남알프스 완등 인증으로 이전보다 더 많은 사람이 찾는 장소가 되었다. 조용한 마을이 주차 때문에 시끄러워졌고, 재약산 바위 정상은 안전상의 이유로 인증에서 다시 제외되었다. 영남알프스인증이 전국으로 알려져 새해부터 많은 사람이 찾는다. 각자 자기 안전에는 무엇보다 철저했으면 좋겠다.

조용히 즐기고 흔적 없이, 바람같이 다녀가길 바라는 마음 가득하다. 영남알프스를 아끼고 사랑하는 마음이 깊다. 오래도록 많은 사람에게 사랑받는 장소가 되었으면 좋겠다.

어느 날 친구가 고헌산에 다녀온 내게 말했다.

"고헌산은 볼 게 아무것도 없던데?"

고헌산 서봉에서 조망되는 가지산은 유럽 알프스 못지않게 멋진 자태로 우뚝 솟아 있다. 문복산의 힘찬 등줄기가 한눈에 조망된다. 고헌산 정상에서 소호마을로 이어지는 능선은 친근하고 부드럽다. 정상 전망대에서 내려다보이는 언양 들판이 훤하고 드넓다. 간월산 신불산 영축산 줄기가 당당하고 멋스럽다. 고헌산은 요즘 말로 '마운틴 뷰 맛집'이다.

가치와 의미는 알아내는 것이고 발견하는 것이었다. 볼거리도 역시 찾아내는 것이었다. 사람도 산도 각기 저마다 매력이 있기 마련이다. 여러 번 오르다 보니 고헌산의 볼거리가 내 눈에는 많이 보인다.

산에서 내려와 고헌사 경내에서 물 한 잔 얻어 마셨다. 대웅전 마당에서 올려다보이는 고헌산 능선이 제주의 오름처럼 유연하다.

6.

백운산에서

내 삶의 목적은 무엇인가. 즐겁고 행복하게 사는 것이다. 거대한 인생 계획은 없다. 날마다 운동하여 체력을 키울 것이고, 좋아하는 책을 읽을 것이다. 주말에는 기필코 산에 오를 것이다. 자연과 가까이 지낼 것이고 가능하다면 작은 텃밭 있는 시골집 한 채 있으면 더 이상 바람이 없겠다.

동네 산에 혼자 오르다 보니 다른 산에도 혼자 다닐 수 있게 되었다. 처음엔 두려웠다. 몇 번 하다 보니 쉬워지고 잘하게 되었다. 초행길이라면 더 많이 공부하고 준비하면 된다.

아이들이 성인이 된 이후 시간 여유가 생겼다. 당연히 나의 관심사는 산이다. 매주 산에 가게 되었다. 자주 가다 보니 산을 더 잘 알게 되었다. 텔레비전이나 인터넷을 보다가 마음 끌리는 산이 나오면 메모했다가 그 산을 찾는다. 주로 근교 산에 다닌다. 근교 산은 이동 시간이 가까워 비교적 쉽게 다녀올 수 있어 좋다. 높은 산에 오르고 싶을 때는 영남알프스가 주 산행지가 되어주었다.

여름이 막 시작되었다. '좋은친구들산악회'에서 밀양 백운산을 가게 되었다. 일곱 명 친구가 함께했다. 밀양 산내로 삼양교 근처에 모여 출발한다. 2025년 개교 예정인 '국립밀양등산학교'를 짓고 있는 곳이다. 초입부터 너덜이다. 돌 비탈길을 20분쯤 올라가다 보면 풍광이 확 트인다. 도로 건너편으로 밀양 얼음골케이블카 상단이 보이고 천황산으로 이어지는 능선도 눈에 훤하다. 얼음골케이블카 상단 전망대에서 보이는 하얀 호랑이 형상 바위산이 지금 우리가 오르고 있는 백운산이다.

30분쯤 오르니 넓적한 바위가 나왔다. 여기저기서 감탄사가 들린다. 길에서 많이 오르지 않았는데 사방으로 보이는 풍경은 완전히 다르다. 사람도 산도 마찬가지이다. 한쪽 면을 보고 그 사람을, 그 산을 다 안다 할 수 없다. 여러 방향에서 보아야 한다. 위에서 보고 아래에서 보고. 직접 들어가 살펴보아야 한다. 그래야 자세히 보이고 더 잘 보인다. 더 잘 알 수 있다.

갑자기 누군가 "백호 바위에 올라왔는데 호랑이 등에 한 번 올라 타보자!" 한다. 내가 맨 먼저 앞에 섰다. 팔을 양쪽으로 펴서 늘어뜨리고 기마자세를 한 후 허리를 앞으로 조금 구부렸다. 순이가 내 허리를 잡고 뒤에 섰다. 그 뒤에 도영이, 권주, 상구가 이어서 포즈를 취한다. 허리를 구부리고 팔은 늘어뜨리고 다리는 적당히 벌렸다. 성수가 사진을 찍는다. 서로 쳐다보며 우리 포즈에 신나서 히히거렸다.

잠시 뒤 또 다른 넓적바위가 나왔다. 튀어나온 납작 바위에 올라간 권주, 건너편 천황산 배경으로 사진 찍는 금순, 계곡을 배경 삼아 포즈 잡는 상구. 모두 제각각 자세를 취하며 사진 찍기 놀이에 빠졌다. 넓적바위에 도영 금순 나 세 사람이 나란히 앉았다. 사진을 찍어달라고 주문했다. 뒷모습을 사진에 담고, 그 자리에서 몸은 그대도 두고 얼굴만 앞으로 돌려 다시 사진 찍어달라고 부탁한다.

일곱 명 친구가 다시 나란히 앉았다. 뒷모습 사진을 찍는다. 사진 제목은 '누구일까요?' 그 자리에서 몸은 그대로 두고 얼굴만 돌려 다시 사진 찍는다. '나야 나'라는 사진 제목을 붙여본다.

큰 바위 옆에 잘생긴 소나무 한 그루가 서 있다. 그냥 지나칠 수 없다. 사진으로 남겨야지. 잠시 뒤 철계단이 나왔다. 수직에 가깝다. 후들거리는 다리를 진정시키며 한 계단 한 계단 올라서며 또 사진을 찍는다. 정상까지 2km도 되지 않는 거리. 사진 찍기 놀이하며 웃고 떠들며 즐기느라 두 시간 넘게 걸렸다.

해발 885m. 백운산(白雲山). 하얀 구름산. 이름처럼 예쁜 산이다. 동서남북 트인 전망에 가슴까지 뻥 뚫린다. 발아래는 밀양 산내면 남명리의 드넓은 사과밭이 펼쳐져 있다. 밀양 시내로 이어지는 큰 도로와 마을로 이어지는 좁은 길이 평화롭게 보인다. 북쪽으로는 가지산이 우뚝 솟아 있고, 가지산 정상과 중봉 사이 깊은 용수골 계곡이 훤하게 드러났다.

바위가 주는 힘차고 좋은 기운 때문일까. 친구들 모습이 여느 때 보다 밝고 즐거운 표정이다. 백운산 정상석에서 단체 사진을 남긴다. 정상에서 여유롭게 시간을 보내다가 가지산 방향으로 길을 잡았다. 잠시 뒤 근처 평평한 곳에 자리 잡아 준비한 도시락을 펼쳤다. 땀 흘리고 마시는 막걸리 한 잔, 그 맛은 얼마나 시원하고 짜릿한가. 상추와 깻잎과 풋고추, 오리고기, 돼지두루치기, 계란말이 등 산 위에서 즐기는 뷔페식당이 차려졌다. 한 시간 가까이 먹고 쉬었다. 다시 배낭을 꾸린다.

구룡소 폭포 쪽으로 하산하기로 한다. 가파른 내리막길을 내려가니 폭포가 있는 계곡 상단에 닿았다. 거대한 넓적바위 계곡이다. 바위 한쪽으로 가느다란 물줄기가 흐르고 있다. 배낭을 내려놓고 신발을 벗고 양말도 벗는다. 성수는 어느새 두 발을 물에 담그고 있다. 도영이와 나는 배낭을 베고 바위에 드러누웠다. 하늘과 초록 나무가 두 눈에 가득하다. 가만히 눈을 감았다. 새소리, 물소리, 친구들 이야기 소리가 섞여 자장가처럼 들린다.

계곡을 가로질러 굵은 밧줄이 저만치 놓여있다. 계곡물이 갑자기 불어났을 때 잡고 건너는 용도가 아닐까, 짐작해 본다. 갑자기 장난기가 발동했다.

"야! 우리 저 줄로 줄다리기 한 번 해보자!" 재미있겠다며 다들 호응했다. 여자 세 명과 반대쪽에 남자 세 명이 마주 보고 섰다. 여자 쪽이 훨씬 힘이 세다, 남자들은 마지못해 여자 편으로 끌려온다는 설정을 했다. 권주는 심판이다.

"영차! 영차! 영차!" 외치다가 잠시 후 힘없는 남자들이 어쩔 수 없어 여자 쪽으로 끌려온다. 이미 정해 둔 각본대로 줄다리기를 하면서, 우리 스스로 재미있어 배를 잡고 깔깔거렸다. 설정한 대로 원하는 장면이 사진에 나왔다. 또 다른 사진 찍기 놀이를 했다. 일곱 명이 바위에 엎드려 두 손으로 얼굴 꽃받침하고 사진 찍었다. 제목은 '누가누가 예쁘나?' 찍힌 사진을 확인하며 웃고 떠들었다. 다음은 자리에서 일어나 뛰어오르는 모습을 사진에 담는다. 타이밍을 제대로 맞추지 못해 자리에서 여러 번 뛰었다. 결국 제대로 된 사진이 나왔다. 사진 속에서 친구 여섯 명이 공중에 떠 있다. 오랜만에 동심으로 돌아가 신나게 웃고 즐긴 시간이었다.

개구쟁이 남학생과 단발머리 여학생이, 이제 모두 50대 중년이 되었다. 산행이라는 공통 관심사로 매달 한 번 이상 만나 산에 오른다. 아이들 커 가는 이야기하며 고민을 나눈다. 모두 양띠 친구들이다. 바위를 좋아한다. 산길을 걷다가 바위만 나오면 오른다. 우리는 스스로 '산양'이라고 별명 붙였다. 내년에도 변함없이 산에 오를 것이고 바위 위에 올라 산바람을 맞을 것이다.

지나온 시간만큼 서로를 많이 알게 되었다. 성격과 취향도 이해하게 되었다.

친구는 옛 친구가 좋고 옷은 새 옷이 좋다는 말처럼, 성별을 떠나 오래된 친구들이 있다는 것은 분명 행운이다. 다음 달 산행이 벌써 기다려진다.

7.

여름 산, 뜨겁게

한여름에도 산이 그립다. 산에 올라 뜨겁게 땀 흘리고 싶은 날이 있다. 대부분 사람은 지레 겁먹고 못 간다며 피한다. 당연하다. 나도 한때는 여름 산에 가면 큰일 난다고 생각한 사람이니까. 어느 날부터 여름 산에 올라 땀 흘리는 재미를 알게 되었다. 산행 후 물놀이를 할 수 있는 곳이면 더욱 좋다. 열성 회원 세 명이 함께 했다. 목적지는 양산 배내골 주계 바위이다.

주계 바위는 '심종태 바위'라 일컫기도 한다. '심종태'는 돌아가신 아버지 첫 제사를 지내기 위해 송아지를 키웠는데, 어느 날 갑자기 잘 키우고 있던 송아지가 사라졌다고 한다. 돌아가신 아버지 첫 제사에 쓰일 송아지가 없어졌으니 그냥 있을 수가 없다. 늦은 밤까지 송아지를 찾아 헤매다가 결국 찾지 못하고 크게 상심하여 큰 바위 위에서 흐느끼고 있었다. 그때 갑자기 도적 떼가 나타났다고 한다. 도둑들은 깊은 동굴 속에 숨어 있다가 흐느끼는 사람 소리를 듣고, 자기들을 잡으러 온 줄 알고 심종태를 해치려고 했다. 자초지종 심종태의 이야기를 듣고 그 효심에 감동하여, 오히려 돈을 주어 보냈다고 한다. 심종태는 그 돈으로 아버지 제사를 잘 모셨다는 이야기가 전해 내려온다. 도적 떼를 만난 큰 바위를 울산 사람들은 '심종태 바위'라고 부르며, 아버지에 대한 효심이 후대까지 전해져 오고 있다고 한다.
〈2020.05.06. 울산 저널〉

'심종태 바위' 한쪽 벼랑 아래가 주암계곡이다. 영남알프스 재약산에서 흘러내리는 수량이 넉넉하다. 그냥 먹어도 될 정도로 깨끗하고 시원한 곳이다. 계곡물은 주계천과 만나 배내골의 또 다른 명소 철구소로 이어진다. 주암계곡은 깊은 골에서 느껴지는 시원한 공기와 키 큰 수목들이 즐비하여 한낮에도 온종일 그늘이다. 가을엔 단풍이 눈부시다. 한 번 다녀가 본 사람이라면 다시 찾게 되는 그런 장소이다.

2021년 8월 8일. 부산시 북구 화명동 롯데아파트 주차장에 모여 출발했다. 장마가 끝나고 햇볕이 강하게 내리쬐는 날이었다. 도로에 차가 몇 대 없는 걸 보니 여름 휴가철임이 실감 난다. 한 시간 달려 양산 배내골에 접어들었다. 주암마을로 방향을 돌려 주차장에 진입하니 빈자리가 없다. 오전 9시인데 벌써 자리가 꽉 찼다. 주인으로 보이는 사람이 저쪽 끝에서 오라며 손짓한다. 구석진 곳에 자리가 하나 있어 겨우 주차했다.

차에서 내리니 긴팔 옷을 입었는데도 팔이 따끔거린다. 아침부터 햇볕이 사납다. 트렁크에서 배낭을 꺼냈다. 땀 닦을 수건을 목에 두르고 선글라스를 낀다. 얼굴에는 벌써 땀이 줄줄 흐른다.

그늘이 있는 물가는 텐트가 이미 다 들어서 있다. 이른 아침인데 벌써 계곡물에 들어가 있는 사람도 있다. 산에 오르는 것보다 물놀이하며 놀고 싶다는 생각이 올라온다. 계곡을 건너자마자 본격적인 산행 시작이다. 처음부터 가파른 길이다. 계속 오르막을 올라야 한다. 오늘따라 바람 한 점 없다. 매미는 앵앵 쉬지 않고 울고 있다. 천천히 걸었지만, 옷은 벌써 땀으로 다 젖었다. 얼굴에는 쉴 새 없이 땀방울이 흘러내린다. 몇 걸음 옮기고 쉬기를 반복했다. 어느 순간 미세하게 부는 바람이 피부에 와 닿는다. 가느다란 바람결이 에어컨 바람보다 시원하다.

많이 쉬며 천천히 걸음을 옮겼다. 여름 산행은 서두르면 안 된다. 탈수, 탈진을 조심해야 한다. 한 시간 남짓 걸었을까. 주계 바위 정상에 올라섰다. 해발 775m. 정상은 언제나 반갑다. 재약산 줄기에서 이어진 깊고 긴 계곡이 한눈에 들어왔다.

바위에서 한참을 쉬다가 다시 걸음을 옮긴다. 나이 많은 소나무를 만났다. 밑동에서 두 나무가 서로 휘감아 다시 위로 뻗어 있다. 둥치는 양팔 벌려도 안을 수 없을 만큼 굵다. 아득한 세월의 무게가 느껴진다. 강인함이 전해진다. 그동안 추운 겨울과 뜨거운 여름을 얼마나 지나왔을까. 천둥과 번개의 날은 또 얼마나 많았을까. 따스한 햇볕을 숱하게 만났을 것이고 안개와 구름이 함께한 시간은 또 얼마나 많았을까. 밤하늘 빛나는 별을 수없이 보았을 것이고 세찬 비바람 또한 수없이 만났을 것이다. 세상 풍파를 지나온 소나무 한 그루에 위엄이 느껴진다. 조심스럽게 소나무를 안아본다.

다시 길을 걸었다. 분홍색 이름 모를 꽃이 무리 지어 피어있다. 도영이와 내가 꽃 옆에 앉았다. 상구에게 사진을 부탁했다. 화사하게 웃는 모습이 꽃보다 이쁘다는 말을 해준다. 역시 친구는 좋다.

넓적한 바위가 나왔다. 위쪽 비탈진 계곡이 바로 눈앞에 있다. 간밤에 지나간 소낙비 때문일까. 온통 초록 세상이다. 눈부신 초록에 정신 뺏겨 한참을 그대로 서 있었다.

저 위쪽 재약산 꼭대기에 안개가 몰려있다. 갑자기 하늘색이 변하며 구름이 많아진다. 발걸음이 급하다. 주계 바위 능선을 지나 사자평 갈림길에 닿았다. 갑자기 빗방울이 떨어진다. 하늘은 검은 구름으로 덮였다. 비를 피해 도시락을 간신히 먹었다.

오르막은 모두 끝났다. 제대로 땀을 흘렸다. 오늘 일을 완수했다. 어느새 비는 가늘어졌고 내려가는 길만 남았다. 열심히 내리막을 걷다 보니 또다시 땀범벅이 되었다. 깊은 계곡을 지나 아래로 내려가니 물이 많은 넓은 장소가 나왔다. 배낭을 등에서 내렸다. 등산화와 양말을 벗은 후 옷 입은 그대로 계곡물에 들어갔다. 일명 알탕(등산객들의 속어: 옷을 입은 채로 입수하는 것)이다. 도영이와 나는 물속에서 서로 쳐다보며 웃었다. 입꼬리가 올라가고 좋다는 말이 절로 나왔다. 분홍 티셔츠와 붉은 티셔츠 입은 우리는 쌍둥이처럼 헤엄치고 물장구 치며 놀았다.

우리는 둘 다 노는 것을 좋아하고, 놀기도 꽤 잘 논다. 오늘의 피로가 다 날아간 듯하다. 여름 산행의 묘미다. 뜨겁게 땀 흘리고 시원하게 알탕을 하는 재미에 내년에도 기꺼이 여름 산에 오를 것이다.

산행 거리가 제법 길었고 정상도 꽤 높았다. 천천히 걸어서 올랐다. 숨이 차오를 땐 걸음을 멈추고 충분히 쉬었다. 정상에서 시원한 바람을 만나고 소나무의 굳센 기운을 선물 받았다. 여름 산의 푸르름을 즐겼다. 땀 흘린 후 막걸리 한 잔에 행복했다. 내가 원하는 것을 얻기 위해 기꺼이 용기를 내야 한다. 힘든 순간을 견뎌야 한다. 미리 겁먹고 집을 나서지 않았다면 누리지 못할, 큰 즐거움을 누린 하루였다.

8.

산에 관한 무엇이든

한동안 이정선의 노래 〈산사람〉에 빠져 있었다. 싫증날 만큼 듣고 또 들었다. 이후 조용필의 '킬리만자로의 표범'을 좋아했다. 함민복 시인의 「산」이라는 시에 마음 홀렸다. 산 그림, 산 사진, 산 관련된 영화, 산에 관한 책 등 무엇이든 관심이 간다. 산이라는 단어에 그저 가슴 설렌다. 남자 여자를 떠나 '산을 좋아하는 사람'이라면 오래전부터 알고 있는 사람처럼 친근함이 느껴진다. 산은 세상과 나를 더 가깝게 이어주는 '그 무엇'이다.

2022년 7월. 김해 윤슬 미술관에서 김준권 판화가의 목판화전이 열렸다. 전시 제목은 〈산의 노래〉였다. 주제는 '칼의 노래 판의 노래 삶의 노래'. 전시 제목을 보는 순간 가슴이 쿵쾅거렸다. 망설일 이유가 없었다. 가까운 친구에게 전시회 보러 가자고 연락하니, 다음 주 되어야 가능하다는 답이 왔다. 다음 주말까지 기다릴 수 없었다. 빨리 가서 보고 싶었다. 때 이른 더위로 한낮 기온이 30도가 넘었던 일요일 오후, 집을 나섰다.

김준권 작가가 누구인지 아무런 정보도 없었다. 미술관 입구에 있는 작가의 약력을 보고 비로소 알게 되었다. 백두대간 수묵 판화가로 그는 이미 대가였다. 작품명도 탁월하였다. 제목만 보아도 설렜다. '산의 노래, 산운, 청산이 소리쳐 부르거든, 섬진 2, 아! 지리산, 이 산 저 산, 꽃비— 첫사랑, 자작나무 아래—여름' 등.

그림 한 점에 이끌려 미술관을 찾았지만 전시된 많은 그림이 나를 들뜨게 했다. 그림 한 점 집에 걸어놓고 싶은 욕심이 올라왔다.

미술관 가는 것을 좋아한다. 그림이든 조각이든 작가 의도를 온전히 파악하기는 힘들다. 각자 자신의 느낌대로 감상하면 되지 않을까. 아는 것만큼 더 자세히, 더 많이 보이겠지만 산이 주제였다는 것만으로 오늘 전시는 이미 충분했다. 거대하고 다양한 산 앞에서 마치 직접 산에 오른 듯 벅찬 기분마저 들었다. 코로나 기간이어서인지 미술관은 한가했다. 미술관을 독차지했다. 혼자서 멋진 그림을 감상하고 있으니 몸살 날 정도로 안타까웠다. 소문내고 싶었고 알리고 싶었다.

〈산운山韻〉이라는 대작 앞에 오랫동안 서 있었다. 그림 속 산 너울은 아득하고 먼 저 너머에서 지금 여기 이곳까지 이어지고 있었다. 알고 보니 이 판화는 문재인 대통령과 북한 김정일의 남북 정상 회담 시판문점 평화의 집에 걸렸던 작품이었다. 거대한 산맥처럼 남과 북이 이어지고 연결되는 간절한 염원을 담았는지 모르겠다.

내가 그동안 보아왔던 판화 채색은 거의 수묵이었다. 김준권 판화가는 수묵뿐 아니라 색채가 있는 채묵(동양화 안료. 그림을 그릴 때에, 먹처럼 갈아서 쓰도록 채색감을 단단하게 뭉친 조각)으로 산을 새롭게 표현했다. 무채색의 수묵(먹)으로 또 다른 살아 숨 쉬는 산을 전시관에 옮겨 놓은 듯했다. 판화가 이렇게 다양한 색채로 표현 가능하다는 것을 처음 알게 되었다.

그림도 판화도 변화와 발전을 거듭한다. 끝없이 변화하고 도전하는 예술의 세계, 그 길을 꿋꿋이 걸어가는 사람들에게 경외심이 절로 든다. 한 작품을 완성하기 위해 들였을 인내와 고통의 시간을 생각해 본다. 얼마나 많은 시간을 저 판화와 색채에 쏟았을까. 세상에 허투루 완성되는 것은 아무것도 없다. 시간을 들이는 일은 더욱 그러하다. 나 같은 일반인들은 감히 상상하기도 힘든 그런 시간을 쏟았을 것이다.

2024년 2월. 다시 윤슬 미술관을 찾았다. 〈세상의 시작, 더 낮은 곳〉 제목의 김재수 작가 히말라야 사진전을 보기 위해서였다. 전시는 시작 일부터 5일간이었다. 평일은 시간이 나지 않고 토요일에는 다른 일이 있어 미술관을 찾지 못했다. 전시 마지막 날 미술관에 도착하니 오후 4시 30분. 조마조마했던 마음이 현실이 되었다. 전시 작품이 모두 치워지고 있었다. 입구 벽에 남아있는 사진 한 점. 나를 기다리기라도 하듯 전시장 입구 바닥 벽면에 서 있었다. 아쉬워 발걸음을 옮길수 없어, 빈 전시실을 서성였다. 미술관 직원으로 보이는 사람이 카탈로그 한 부를 건넨다. 방명록에 글을 남겨달라는 말까지 한다. 한 줄글을 남겼다.

책상 위에 놓인 작품 이름표가 눈에 들어왔다. '신의 어머니, 산중의왕, 기도하는 마음, 성벽, 오늘 밤이 되면, 벌거숭이 산, 흰 산, 검은귀신, 더 낮은 곳으로.'

저만치 이동 손수레에 작품 여러 개가 포개져 실려 있다. 다가가 맨위에 놓여있는 한 작품을 들여다보았다. 하얀 빙벽의 산이다. 주위는모두 칠흑인데 빙벽 바위산이 홀로 하얗게 빛나고 있었다.

두 작품으로 위안해야 했다.

작가는 8,000m 이상 봉우리를 18회 등정하였고 대통령 표창, 대한민국 산악 대상 수상까지 한 전문 산악인이었다. 그는 사람이 쉬이 닿을 수 없는 그곳을 '세상의 시작'이라고 이름하였다.

텅 빈 전시실을 쉽게 떠나지 못했다. 마지막 작품을 철거하고 있는곳으로 다가갔다. 카탈로그에 나와 있는 얼굴, 작가였다.

"너무 늦게 오셨네요." 말을 건넨다.

늦게 알게 되어 늦게 오게 되었다며 너무 아쉽다고 했더니, 조만간에 다시 한번 전시하겠다는 말은 한다. 내가 떠나지 않고 계속 서성이고 있는 것을 보았던 걸까. 갑자기 내게 자신의 스마트폰을 내민다. 전시 사진이 스마트폰에 모두 있으니 필요하면 공유해 가라는 것이다. 58개의 작품을 모두 전송받았다. 직접 작품을 보는 것과 비교할 수 없겠지만, 그 마음이 따뜻하고 고마웠다. 작가는 현재 김해에 머물고 있다고 했다. 감사의 인사를 남기고 전시실을 나왔다.

짧은 시간 보았지만, 작가는 군살 하나 없는 탄탄한 몸이었다. 예리한 눈빛, 구릿빛 피부, 강인한 표정을 느낄 수 있었다. 히말라야 사진전을 눈앞에서 놓쳤지만, 멋진 산악인을 만난 것은 행운이었다.

얼마나 많은 시간을 들이고 반복하여야 한 분야에 대가가 될 수 있을까. 인간이 감히 범접하기 힘든 저 높은 히말라야에 오르기 위해, 작가는 얼마나 많은 시간과 고통을 견뎠을까. 위험과 추위와 맞서며 정상에 서기 위해 또 얼마나 힘든 순간을 이겨냈을까. 좋아하는 마음 없이는 해낼 수 없는 일이다.

'반복한다는 것은 지겨운 것이 아니다, 완벽해지는 길이다.'는 작가의 문장을 내 마음속에 저장했다.

산은 내게 무엇인가. 왜 나는 산이라는 단어에 이렇게 설레는가. 나는 왜 힘든 산을 기어이 찾아 오르는 것일까. 『나를 향해 걷는 열 걸음』에서 최진석 교수는 말했다. 우리 인생은 자신과 투쟁이라고. 그래.

나와의 투쟁이다. 투쟁을 통해 나는 오늘도 성장하고 발전하는 것이 내가 원하는 삶이라는 결론에 이르렀다. 김준권 판화가의 푸른 산에서, 김재수 작가의 하얀 빙벽에서, 자신과 끝없는 투쟁의 시간을 보았다. 투쟁은 아름답고 끝없는 삶의 길이다.

제 4 장

산은 늘
거기 있었다

겨울 숲길을 걸어 하산하는 발걸음이 가볍다. 온통 낙엽 길이다.
고요한 겨울 산에 낙엽 밟는 소리만 가득했다. 조심스러운
산행이었지만 온전히 겨울 산을 즐긴 하루였다. 집
을 나서지 않았다면 오늘 하루 아무 일도 일
어나지 않았을 것이다.

산은 늘 거기 있었다

1.

겨울 산, 그 본연의 모습을 사랑해

산에 가자는 문자는 언제나 반갑다. 전날 코로나 부스터 샷(booster shot. 백신의 효과를 높이기 위해 일정 시일이 지난 뒤 추가 접종을 하는 것)을 했다. 하루 종일 쉬었지만, 안심할 수 없어 쉬운 코스로 가자고 했더니, 친구는 "신(信)."이라고 답을 보냈다.

가벼운 마음으로 길을 나섰다. 상구 도영 나 세 명이다. 양산시 내원사 매표소 주차장에 도착했다. 상리천 계곡을 따라 오늘 산행을 시작한다. 12월. 차가운 아침 공기가 오히려 상쾌하게 느껴진다. 발걸음도 가볍다. 저 멀리 우뚝 솟은 바위 봉우리에 아침 햇살이 비친다.

평탄한 길을 걷다가 왼쪽 가파른 산벼랑으로 방향을 돌린다. 천성산 공룡능선 입구다. 된비탈이다. 몇 걸음 옮기지 않는데 숨이 몰아친다. 조금 쉬운 길이 있을 것 같은데 전혀 보이지 않는다. 얼마나 올랐을까. 갑작스럽게 나타난 거대바위가 앞을 가로막고 있다. 거의 직벽이다. 난감해서 되레 웃음이 나왔다. 잠시 후 상구가 먼저 나선다. 망설임 없이 가뿐하게 올라간다. 역시 대한민국 경찰은 다르다. 나와 도영이가 환호했다. 내 차례다. 기다란 밧줄이 드리워져 있지만, 발 디딜 곳이 마땅치 않다. 올라가야 할 곳은 키 높이보다 한참 위다. 먼저 올라가 있는 상구에게 내 스틱을 전달했다. 자세히 살펴보니 바위에 작은 홈이 보인다. 두 손으로 밧줄을 잡고 발바닥 끝을 바위 홈에 밀착했다. 발가락 끝에 힘주어 밧줄을 잡고 오르니 위에 있는 상구가 손을 잡아준다. 무사히 올라섰다. 후유, 살았다. 처음엔 엄두가 나지 않았는데 용기를 내니 오를 수 있었다. 다음은 도영이 차례다. 상구와 나는 바위 위쪽에서 응원했다. 도영이는 체력이 좋다. 함께하면 언제나 든든한 친구다. 마지막에 상구가 손잡아 주었지만 역시 잘 올라온다. 모두 공룡능선 1차 관문을 무사히 통과했다.

바위산이 이어진다. 두 발로 오르기가 버거워 네발로 기어올랐다. 소나무 한 그루 서 있는 곳에 닿았다. 솔잎이 유난히 빛난다. 얼굴에 닿는 겨울 산바람이 속이 뻥 뚫리는 듯 시원하고 기분 좋다. 지나왔던 길을 돌아보니 삼각형 모양 뾰족한 산이 눈앞에 서 있다. 지나올 때 제대로 보지 못했는데, 그곳을 다 벗어나니 제대로 보인다. 멋스럽다. 이어지는 길 앞에 높고 큰 바위산이 또 나타났다. 바위를 오르고 있는 등산객이 우리 쪽을 바라본다. 손을 먼저 흔들어주니, 그쪽에서도 손 흔들어 답한다.

처음 보는 사람에게 말을 붙이고 인사한다. 서로 쳐다보며 웃는다. 좋은 에너지를 주고받는다. 때론 느닷없이 용기 나는 곳이 바로 산이다.

천성산 공룡능선은 등산 경험이 있어야 오를 수 있는 곳이다. 넘어야 할 바위가 많고 밧줄을 타고 올라야 하는 힘든 코스다. 등산 초보자는 위험할 수 있다. 오늘 함께한 우리는 산행 경력이 쌓인 친구들이다. 모두 바위산을 좋아하고 바위를 잘 타고 오른다.

크고 작은 바위산을 몇 개 넘어 산꼭대기에 올라섰다. 겨울 산이 거대 수묵화처럼 눈앞에 펼쳐졌다. 옷 벗은 나무들이 줄지어 서 있는 저 능선, 그 아래로 움푹 들어간 계곡, 하늘과 맞닿은 저 산등성이, 옷 벗은 나무들 사이 푸른 소나무 한 그루. 작은 골들이 모여 큰 계곡을 이루고, 낮은 산에서 다시 큰 산으로 이어진다. 아래 계곡과 건너편의 크고 작은 능선이 그 모습을 다 보여 준다. 경사면에 앙상한 겨울나무가 곧게 서 있고 크고 작은 바위까지 뚜렷하다. 제 모습 다 드러낸 산 본연의 모습이 쓸쓸하면서 아름답다. 고요하면서 거룩하기까지 하다. 겨울 산을 마주하며 한참을 그곳에 서 있었다.

머지않아 저 산에도 봄이 다시 찾아올 것이다. 죽은 나뭇가지에 움이 올라와 잎을 피울 것이고 여름이면 짙푸른 초록으로 우리에게 손

짓할 것이다. 가을엔 빛나는 단풍으로 즐거움을 줄 것이고, 겨울에는 눈부신 설산으로 우리를 또 황홀하게 할 것이다.

출발하자는 소리에 다시 발걸음을 옮긴다. 조금 걷다 보니 배에서 신호를 보낸다. 12시가 넘었다. 햇볕이 드는 따뜻한 곳에 자리를 잡았다. 배낭을 내려 도시락을 꺼낸다. 맥주 한 캔을 세 컵에 공평하게 나눠 따랐다. 땀 흘린 후 맥주 한잔은 언제나 최고다. 깨끗하게 잔을 비운다. 준비한 도시락을 먹고 느긋하게 쉬었다.

겨울 산행. 두렵지만 충분히 준비하면 가능하다. 기온과 날씨 확인은 기본이다. 가까운 곳이면 더 좋다. 꼭 누군가와 함께해야 한다. 해지기 전에 산에서 내려와야 한다. 등산화와 지팡이 점검은 기본이다. 따뜻한 여벌 옷 준비도 필수다.

쉬운 코스라며 믿어달라는 답을 받았기에 가벼운 마음으로 집을 나섰다. 주차장에 도착하니 코스를 알려준다. 까칠하다고 소문난 천성산 공룡능선이다. 호기심은 있었지만 초행이었다. 전날 코로나 추가 접종을 했다. 갈 수 있는 곳까지 가보자는 마음으로 출발했다. 힘들면 돌아오자는 마음으로 함께했다. 갈림길에서 공룡능선이라는 작은 팻말을 보고 들어선 가파른 산길. 잠시 뒤에 만난 수직 바위를 네발로 기어오르고, 잠시 후 다시 나타난 큰 바위도 밧줄을 타고 잘 올랐다. 한고비 넘고 한시름 놓으면 다시 나타나는 바위. 그 바위를 힘겹게 올랐더니 찬란한 겨울 산이 거기 있었다.

짚북재에서 천성산 정상으로 가지 않고 계곡을 따라 내려왔다. 가파른 나무 계단 길을 내려와 작은 소가 있는 계곡 옆에 이르렀다. 흘러 내리는 계곡물을 배경으로 단체 사진을 남긴다. 엄지척을 외치는 우리는 어느 때보다 밝고 행복한 얼굴이었다.

겨울 숲길을 걸어 하산하는 발걸음이 가볍다. 온통 낙엽 길이다. 고요한 겨울 산에 낙엽 밟는 소리만 가득했다. 조심스러운 산행이었지만 온전히 겨울 산을 즐긴 하루였다. 집을 나서지 않았다면 오늘 하루 아무 일도 일어나지 않았을 것이다. 나 자신을 믿었고 함께한 친구들이 있어 가능했다. 산은 늘 거기 있었다.

2.

여자 혼자 무섭지 않을까요

2019년 8월. 장기 재직 휴가를 받았다. 어깨의 짐을 잠시라도 내려 놓고 싶었다. 의미 있는 시간을 보내고 싶어 호텔을 예약하고 항공권 도 예매했다. 가방을 꾸렸다. 혼자 여행은 처음이다.

출발하는 날까지 마음이 싱숭생숭했고 두려운 마음이 한쪽 구석에 올라와 진정되지 않았다. 겉으로 태연한 척했지만 떨리고 긴장되었다.

보건소 하부 조직인 보건진료소에서 일을 하고 있다. 보건진료소는 의료기관이 없는 농어촌과 도서 지역에 최소 의료혜택을 주기 위한 기관이다. 근무처는 몇 번 옮겼지만, 30년 동안 같은 일을 해오고 있 다. 언젠가 했던 직장 상사의 말이 생각난다. 여기에 '무서운 사람'이 있다면서, 옆에 있는 신입 직원에게 나를 소개했다. 간호사이며 약사 일, 의사 일까지 하는 사람이라고. 농담처럼 웃으며 한 말이었지만 사 실이다. 허용된 100여 가지 약품 내에서 직접 처방하고 조제를 한다.

역할이 부여된 만큼 약 부작용에 대한 책임과 두려움이 항상 따랐다. 상부 조직이 있지만 진료소에서 일어나는 모든 일은 내가 판단하고 결정해야만 한다. 응급환자를 빠르게 처치해서 병원으로 보내야 하는 부담감이 컸다. 관리하는 지역에 위중 환자가 생기지 않기를 바라는 마음으로 하루하루 근무했다.

제주에 도착했다. 예약한 렌터카를 인수하니 4시가 넘어서고 있다. 공항에서 가까운 이호테우해변으로 갔다. 바닷가에 내려 크게 심호흡하니 제주 바다 내음이 코끝에 전해온다. 비로소 실감 난다. 여기는 제주이고 나는 지금 혼자다. 이제부터 여행 시작이다.

서귀포로 넘어가 3박 4일 묵게 될 호텔에 여장을 풀었다. 근처 마트에서 먹을 것을 사고, 식당에 들러 고등어구이 정식으로 제주도에서 첫 식사를 했다. 숙소로 돌아와 호텔 창가에서 맥주 한 잔을 마신다. 취기 때문이었을까. KBS FM 라디오 〈유지원의 밤을 잊은 그대에게〉에 사연을 보냈다. 잠시 뒤 라디오에서 내가 보낸 사연이 흘러나왔다. 기분이 묘했다. 제주의 첫날밤이 깊어 갔다.

둘째 날, 제주 산간지방과 동부 쪽에 호우 특보가 발효됐다. 다행히 서귀포는 비가 적게 내려 여행에 지장이 없었다. 새연교에서 제주의 세찬 바람을 만났다. 기당미술관을 둘러보고 칠십리시공원을 걸었다. 이중섭미술관에서 명작 〈소〉를 만났다. 이중섭 공방에 들어가 작

품을 구경했다. 서귀포매일올레시장에서 밥 먹고 커피를 마셨다. 이
중섭 공방 주인이 추천해 준 '용이식당'에서 저녁을 먹고, 천지연 폭포
야경을 즐겼다. 숙소 근처 맥주 가게에서 카프리를 마셨다. 용기가 또
다른 용기를 불렀다.

셋째 날은 올레 1코스를 온전히 걸었다. 시흥초등학교에서 출발하
여 말미오름, 알오름을 오르고 종달마을을 지나 오조리 바다를 걸었
다. 올레에서 20대 학생을 만나고, 혼자 자전거 여행하는 40대 중반
여자를 만나 서로 손 흔들며 인사를 나눴다. 종착지 광치기 해변에서
폭우를 만나 스탬프를 겨우 찍었고 비를 피해 정자에 앉아 택시를 기
다렸다. 비와 안개와 바람 속에서 1코스를 걷고 나니 제주올레가 더
가까이 다가왔다.

넷째 날은 숙소에서 여유롭게 아침을 맞았다. 호텔 식당에서 조식
을 먹고 집으로 돌아가기 위해 짐을 꾸렸다. 호텔 주차기기의 오류로
한 시간을 기다려 차를 넘겨받았다. 서귀포 제주올레 여행자센터에
들러 해장국을 먹고 커피도 마셨다. 제주올레는 모두 26코스, 425km
다.(2022년 추자도 18-2코스를 개장하면서 모두 27개 코스, 437km
가 되었다.) 카드 터치 한 번으로 소액 후원했다. 때마침 20대 중반 아
가씨가 올레 전 구간 완주하여 완주자의 벽에 섰다. 너무 멋있고 부러
워 옆에서 박수를 보냈다. 언젠가 올레길을 다 걸어보기를 꿈꾼다. 제

주올레 '완주자의 벽' 앞에 서 있는 내 모습을 상상하니 절로 가슴이 뛰었다. 서쪽으로 이동하여 새별오름에 올라 제주도 바람을 오롯이 맞으면서 혼자 떠난 여행을 마무리했다.

'혼자 여행'은 나를 용기 있는 사람으로 만들어 주었다. 아무도 없는 올레길을 혼자 걸었고, 길에서 만난 자전거 여행객에게 손 흔들 용기를 내게 했다. 올레길에서 억수같이 비 내려도 두렵지 않았다. 정자가 있어 비를 피할 수 있음에 감사했다. 호텔 주차기기의 고장으로 한 시간이라는 귀한 시간을 흘려보냈지만, 묵묵히 기다리는 다른 사람들을 보며 인내를 배웠다. 낯선 여행객에게 비 그칠 때까지 있다 가라며 말 건네준 공방 가게 사장이 고마웠다. 처음 보낸 사연을 소개 해주고 읽어준 〈밤을 잊은 그대에게〉 라디오방송과 DJ에게 감사했다.

혼자 여행은 모든 순간 나 스스로 결정하고 선택해야 한다. 혼자 떠난 제주에서 더 큰 용기를 낼 수 있었다. 온전히 독립적인 사람이 되었다. 여행 후 일상으로 되돌아왔다. 처음 시도한 혼자 여행은 큰 도전이었고 새로운 경험이었다. 일상은 이전보다 신나고 즐거워졌다.

'무엇인가 한 번 해본 사람은 전문가라고 누군가 얘기했다. 나는 이제 혼자 여행의 전문가가 되었다. 여행과 산행은 다르지 않다. 어느 날 영남알프스에 홀로 가게 되었다. 함께 산행하려고 했던 친구의 갑작스러운 사정으로 어쩔 수 없이 혼자 집을 나섰다. 용기 내어 갔던 산행에서 새로운 경험을 했다. 간월산, 신불산, 영축산 세 봉우리를 하루 만에 오르게 되었다. 산에서 우연히 만난 사람들과 함께해서 가능했다. 혼자 내디뎠던 발걸음이 쌓이다 보니 두렵고 무서운 마음이 줄어들었다.

한 걸음 떼면 된다. 동네 산에 혼자 오른다면 다른 산에도 충분히 혼자 갈 수 있다.

어느 날 FM 라디오에서 흘러나온 이야기이다.

3년 동안 복싱을 배우러 다니는 한 여자가 있었다. 어떤 사람이 질문했다.

"3년 동안 복싱을 해왔다면 그동안 힘든 일도 많았을 것인데, 어떤 것이 가장 힘들었나요?"

복싱 배우는 여자가 대답했다.

"힘든 것 없었습니다. 다만, 제가 가장 힘들었던 것은 매일, 체육관 문 앞까지 가는 것이었어요."

3.

바람의 노래

    JTBC 프로그램 〈뜨거운 싱어즈〉를 즐겨봤다. 줄임말로 '뜨싱'이라 불렀다. 처음 방송부터 끝까지 본방송을 챙겨 봤을 정도다.

  '어떻게 살아야 할까요? 어떻게 나이 들어야 할까요? 물음표 가득한 젊은이들에게 노래로 들려주는 인생 이야기! 시니어 어벤져스들의 유쾌 발랄 뮤직드라마.' 공식 홈페이지에 소개하고 있다. 〈뜨거운 싱어즈〉의 기획 의도에 공감했다. 젊은이들뿐 아니라 많은 사람에게 특별한 감동을 주었던 프로그램이었다. 노래의 힘은 컸다. 출연자들의 새로운 면면을 보는 재미가 솔솔 했다. 가수도 몇 명 있었지만, 가수 아닌 연기자가 더 많았다. 출연자 한 명씩 자신이 직접 선곡한 노래를, 다른 출연자들이 지켜보는 무대 위에 서서 노래했다. 옛날이야기, 나를 외치다, 오르막길 등 다양한 곡을 듣는 재미가 좋았다. 무엇보다 남자 출연자들 9명이 단체로 짙은 남색 양복을 차려입고, '베테랑'이라는 이름으로 노래할 때 눈시울이 뜨거워졌다. 노래의 힘, 함께의 힘이 얼마나 대단한지 절실하게 느꼈던 프로그램이었다.

　2022년 5월. 눈부시게 푸르른 날이었다. 배낭을 챙겼다. 밀양에 살고 있는 여고 친구 현실에게 연락하니 동생이 와서 놀고 있다 하고, 친구 순옥이는 토요일에도 일을 한다는 답을 보내왔다. 혼자 밀양으로 향했다. 집에서 한 시간 거리이다. 삼랑진에서 중앙고속도로를 타고 가다가 밀양 요금소에서 내린다. 울산으로 향하는 국도 24호선에 진입하여 얼음골로 향했다. 한 시간 걸려 얼음골 케이블카 주차장에 도착했다. 서둘러 갔는데 사람들이 많다. 케이블카 탑승 시간까지 한 시간 넘게 기다려야 한다.

　근처에 있는 카페 '미량'에 들어갔다. 사과주스 한 잔을 주문했다. 카페의 대표 메뉴라며 사장이 추천한 것이다. 잠시 후 옅은 노란색 사과주스가 나왔다. 작은 애플민트 잎 두 장과 빨간색 관상용 사과 한 알, 말린 사과 한 조각이 주스 위에 올려져 있다. 은은한 사과 향이 난다. 보기에도 예쁘다. 사진을 한 장 찍었다. 새콤달콤한 맛이다. 기분이 한층 좋아진다. 카페 창밖으로 케이블카가 오르내리는 것을 구경했다. 연한 초록색 산을 보며 앉아 있다 보니 한 시간이 훌쩍 지나갔다.

　배낭을 메고 다시 케이블카 탑승장으로 올라갔다. 탑승 게이트가 열리고 케이블카에 올랐다. 창밖 초록이 눈부시다. 봄기운이 완연하다.

케이블카 안내 방송에서는 밀양 호박소, 얼음골, 백호 바위 등 주변 관광지를 설명하고 있었지만 내 눈과 정신은 온통 창밖의 연두에 팔렸다. 봄의 새잎이 이렇게 이쁘고 사랑스러웠던 적이 있었나. 새로 올라온 어린 잎사귀를 바라보는 내내 입꼬리가 절로 올라갔다. 새 생명을 보니 나도 모르게 설레고 가슴 뛰었다.

케이블카는 순식간에 해발 1,000m 산 위에 나를 데려다주었다. 문명의 이기가 이럴 땐 참 고맙다. 케이블카 상부승강장에 도착하여 건물 밖으로 나왔다. 바람이 훅 몰아친다. 햇볕은 따스했지만 바람은 차갑다. 저기 아래와는 다른 세상이다. 꽃봉오리가 아직 어리고 새잎이 많이 나지 않았다. 여기 산 위에도 곧 봄이 오리라. 완만한 데크길을 10여 분 올라가면 전망대가 나온다. 전망대 건너편 산에 백호 바위가 자리하고 있다. 그 뒤로 운문산이 있고 오른쪽 저 멀리 영남알프스 최고봉 가지산이 우뚝 솟아 있다. 가지산과 오른쪽 중봉 사이 용수골 계곡도 눈에 훤하다. 시선을 발아래로 돌리면 국도 24호선 도로가 선명히 눈에 들어온다. 도로 주변으로 밀양 산내면 남명리 사과밭이 끝없이 펼쳐져 있다. 사과 주산지임을 단번에 알게 된다.

전망대를 지나 다시 산으로 발걸음을 옮긴다. 좁은 길을 걷다 보면 샘물 상회 근처 넓은 공터가 금방이다. 등산객들의 쉼터가 되었던 '샘물 상회'는 몇 해 전 철거되고, 지금은 빈터만 남았다. 다시 길을 걷는다. 길가 양지바른 언덕에 철쭉 한 그루가 꽃을 피웠다. 일찍 피어난 분홍 꽃이 기특하고 고마워 한참을 들여다본다.

정상이 훤히 올려다보이는 넓적한 바위 위에 멈춰 섰다. 사람들이 나무 계단을 밟고 산꼭대기로 올라가고 있다. 자연의 품에서 사람도 풍경의 일부가 되었다. 한 폭의 그림이다.

천황산 정상에 도착했다. 케이블카 상부승강장에서 한 시간 걸렸다. 케이블카 덕분에 쉽고 편안하게 올라왔다. 알프스 완등 인증 줄이 길다. 한쪽 옆에서 완등 인증사진을 남겼다. 천황산 정상에서 재약산 방향 나무 계단을 내려가다가 우측 바위로 향한다. 사자바위다. 사람들이 군데군데 앉아 밥을 먹고 있다. 바위 한쪽에 나도 자리를 잡았다. 돗자리를 펴고 등산화를 벗었다. 김밥 한 줄, 샤인머스캣, 타이거 맥주 한 캔. 오늘의 점심이다. 바람이 분다. 사자봉 위에서 '타이거'를 한 잔 마신다. 땀 흘린 후 시원한 맥주 한 잔은 언제나 최고다. 세상에 부러운 것이 없다.

〈뜨거운 싱어즈〉 베테랑의 〈바람의 노래〉를 선곡했다. 뜨싱 남자 출연자 9명이 짙은 남색 정장을 차려입고 무대에 섰다. 서로 화음을 맞추며 노래하는 모습이 멋있고도 엄숙하다. 첫 소절을 듣는데 나도 모르게 눈물이 흐른다. 뜨거운 싱어즈 출연자들도 모두 눈물을 닦고 있다. 노래 한 곡의 힘은 어디까지일까. '베테랑' 남자들의 하모니가 바람이 되어 흘렀다.

어느 날 어린아이 둘과 허허벌판 세상에 남겨졌다. 바람에 흔들리고 이리저리 부딪혔다. 내가 결정하고 선택했지만 행복하지 않았다. 억울하고 분했다. 원망스러웠다. 용서할 수 없었다. 수없이 산에 올라 바람을 만났다. 내 속에 쌓여있던 응어리가 조금씩 씻겨나갔다. 세월이 흘렀다. 나에게도 잘못이 있다는 것을 인정하게 되었다. 아니 내 잘못이었다. 나의 선택이었으니 모든 것은 내 책임이었다. 아이들을 키우면서 나도 같이 성장했다. 아프고 힘들었던 시간이 나를 조금 더 철든 사람으로 만들었다.

천황산 사자바위 위에서 세상의 바람을 만난다. 가슴에 억눌려있던 뭔가가 비로소 가벼워진 느낌이다. 비스듬히 바위에 기댔다. 두 눈을 감았다. 음악의 볼륨을 높였다.

'보다 많은 실패와 고뇌의 시간이 비켜 갈 수 없다는 걸 우린 깨달았네. 이제 그 해답이 사랑이라면 나는 이 세상 모든 것들을 사랑하겠네.'

4.

무모함에서 배우다

그날 내게 무슨 일이 있었던 것일까. 답답하고 힘겨웠다. 모든 일이 귀찮게 느껴졌다. 배낭을 챙겼다. 집을 나섰다. 물 한 통과 과일 몇 조각이 전부였다. 아파트 주차장을 빠져나와 무작정 차를 몰았다. 차는 창원 쪽으로 향하고 있다. 한참을 가다가 갑자기 가지산에 가고 싶다는 생각이 들었다. 핸들을 다시 돌렸다. 한 시간을 달려 석남사 주차장에 도착했다. 차 트렁크에서 등산화를 꺼내 갈아 신고 지팡이를 키 높이로 맞추었다. 모자를 눌러쓰고 장갑을 꼈다.

1월. 바람이 차가웠다. 가까운 곳에 갈 옷차림이었지만, 그날 내게 문제 될 것이 아니었다. 산길로 접어들었다. 두 뺨에 와닿는 차가운 바람이 오히려 시원하다. 천천히 흙길을 걸었다. 잔설이 군데군데 보인다. 숲은 텅 비어 있다. 곳곳에 서 있는 겨울 소나무의 푸르름이 유독 눈에 들어온다. 어느새 마음이 차분해진다. 차가운 산 공기가 내

몸속 저 끝까지 닿을 수 있게 길고 깊은 호흡을 했다. 답답했던 마음이 조금 누그러졌다. 머리도 서서히 맑아졌다.

매주 산에 간다. 주로 동네 산에 오르지만 매월 한 번은 천 미터 이상 높은 산을 찾는다. 매주 산에 가는 이유는 즐겁게 한 주를 보내기 위함이다. 활력 넘치고 즐겁게 살기 위해 에너지가 필요하다. 에너지가 빠지면 기계도 사람도 힘이 없어진다. 보충하지 않으면 결국 멈춰 선다. 밑바닥까지 내려가면 더 많은 시간을 들여야 일어날 수 있다. 회복 불가능할 수도 있다. 내게도 에너지가 부족했던 걸까. 무기력하고 힘이 없었다. 일상이 숨찼다. 지쳐 있었고 뭔가 재충전이 필요했다. 한 번씩 올라오는 막막함이 나를 힘들게 했다. 제대로 숨 쉬고 싶었다. 자가 충전이라도 해야 했다.

가파른 길이 나왔다. 이 벼랑을 오르면 석남터널에서 올라오는 길과 만난다. 언제나 산행은 힘들지만, 스스로 힘을 내고 마법을 건다. 혼자 하는 산행은 더욱 그렇다. 경사가 심한 오르막에서 힘을 내어 올랐다. 석남터널에서 올라오는 길에 닿았다. 돌멩이가 많지만 비교적 평탄한 길이 이어진다. 봄이면 분홍빛 철쭉이 터널을 이루는 곳이다. 키 큰 철쭉나무 군락지를 지난다. 올봄에는 가지산 연분홍 철쭉을 보러 와야겠다고 생각하며 계속 길을 걸었다. 산장이 있는 넓은 공터에 닿았다.

저만치 숲속의 산장 굴뚝에 연기가 피어오르고 있다. 한 번도 들어
가 보지 않은 그곳이 오늘따라 궁금하다. 인적이 많이 없는 산에서 산
장을 지키고 있는 사람은 어떤 사람일까. 산을 좋아해서 산을 떠나지
못한 사람일까. 혹여 사고를 당해 더 이상 산행을 하지 못하는 것일
까. 아니면 그저 산이 좋아 찾아오는 사람들에게 라면과 어묵을 팔며
얘기 나누고 싶어서일까. 언젠가 마음이 동하는 날 산장에 들러 봐야
겠다는 생각을 해본다.

나무 계단으로 걸음을 옮겼다. 군데군데 얼음이 있다. 조심스럽게
급경사 계단을 디뎌 오른다. 가끔 이런 가파른 길을 즐긴다. 숨이 턱
밑까지 차오르는 것에 쾌감을 느낀다. 거친 내 숨소리를 들으며 한 발
한 발 집중했다. 바람은 차갑지만 등에 땀이 느껴진다. 땀을 많이 흘
리면 정상에서 추워서 힘들다. 벗을 옷도 없고 입을 옷도 오늘은 없
다. 스스로 걸음을 조절하며 그렇게 산 위로 향했다.

중봉에 올랐다. 바람이 세차다. 여러 곳이 빙판이다. 쳐다보기만 해
도 미끄럽다. 한 발 움직이는 것조차도 신중해야 한다. 사진 한 장을
남기기 위해 조심스럽게 중봉 표지석 가까이에 섰다. 어떤 남자가 아
이젠을 하지 않은 내 발을 힐끗 쳐다본다.

"아이젠은요? 엄청 미끄러운데요."

"아. 깜박하고 그냥 왔네요." 대충 둘러댔다. 겨울 산행에 아이젠은

필수 아니던가. 특히 천 미터 이상 높은 산은 한겨울 내내 빙판인 경우가 많다. 아무런 말도 하지 않았는데, 자신의 아이젠 한 짝을 벗겨내 오른발에 직접 끼워준다.

"우리 집 마누라가 알면 안 되는데." 말하며 웃는다. 가정적이고 친절한 사람같이 보였다. 울산에서 왔다고 했다. 회사 후배랑 같이 왔으며 쌀바위 방향으로 하산할 것이라고 한다. 함께 움직일 수밖에 없었다. 잠시 뒤 가지산 정상에 도착했다. 바람이 맹렬하게 몰아쳤다. 가지산 겨울바람은 소백산의 칼바람 못지않다. 사진 한 장 찍는데 손끝이 뜯겨나가듯 아프다.

산장에 가서 라면 먹고 몸을 녹여 가자고 한다. 아이젠 한 짝 때문에 거절하기도 힘들다. 산장 안에 사람들이 꽉 차 있다. 아이젠 남자와 그 후배가 사람들 틈을 비집고 들어가 자리를 잡았다. 나에게 들어오라는 손짓을 하며 라면 삼 인분을 주문한다. 남자는 배낭에서 작은 술병을 꺼냈다. 짙은 갈색이다. 종이컵에 술을 부어준다. 추운 겨울은 독주가 어울린다며, 칡으로 담근 술이라고 했다. 나는 집에서 챙겨온 사과를 꺼냈다. 도시락도 준비하지 않았고 보온병도 없다. 준비 없이 겨울 산에 온 내 모습이 처량했지만 달리 방법이 없었다. '원래 준비 잘하고 다니는 사람입니다.' 하며 변명이라도 하고 싶었다.

칡술 한 모금 마셔보니 쓰고 독하다. 한입 꿀꺽 삼켰다. 얼굴에 금방 열기가 올라왔다. 겨울에 독주 마시는 이유를 알 것 같았다. 잠시 뒤

김이 오르는 라면이 나왔다. 따뜻한 국물로 배를 채우니 어느새 몸이 따뜻해졌다.

아이젠 남자와 후배가 앞서 걸었다. 그 뒤를 내가 따랐다. 아이젠 때문에 어쩔 수 없었다. 쌀바위로 내려가는 산길도 군데군데 빙판이다. 혹여 그 사람들에게 피해줄까 싶어 더 조심해서 걸었다. 쌀바위에 무사히 도착했다. 이제부터 임도다. 편안한 길이다.

"이 은혜를 어떻게 갚아야 할까요?" 아이젠을 벗어주며 인사를 했다.

산에서 어려운 사람 만나면 도움 주라는 대답이 돌아왔다. 예의 바르고 올곧은 사람이었다. 내려가서 온천을 한 후, 버스 타고 울산으로 되돌아간다고 했다. 석남사 갈림길에서 그 사람들은 가지산 온천 쪽으로 내려가고, 나는 석남사 방향으로 내려왔다.

계획 없이 떠난 무모한 산행이었다. 1,241m. 가지산은 영남알프스에서 가장 높은 봉우리다. 겨울 산은 예측하지 못한다. 아이젠과 방한용품을 항시 준비해야 한다. 빙판길에 아이젠도 없었다. 옷차림도 기능 티셔츠에 가을용 바람막이 옷이 전부였다. 넥워머가 있어 그나마 다행이었다. 대책 없는 아줌마라고 생각했을 것이다. 운이 좋았다. 귀인을 만난 것이다. 무사히 산행을 마치고 주차장에 도착했다. 오전 아홉 시에 출발하여 오후 두 시 반에 산행을 마쳤다. 낯선 사람에게 친절을 배웠고 호의를 받은 날이었다.

그해 여름 다시 가지산을 찾았을 때 경기도 안양에서 왔다는 30대 청년을 만났다. 같은 코스였다. 함께 걸었다. 석남사 계곡에 내려와 물에 발을 담근 후 산행을 마무리했다. 울산역까지 내 승용차로 그 청년을 태워주었다. 청년은 감사하다며 어쩔 줄 몰라 했다. 겨울 산에서 받았던 친절을 다른 사람에게 베풀고 나니 비교적 나는 자유로워졌다.

가지산에 다녀온 후 활력을 찾았다. 살면서 또 힘든 날이 올 것이다. 우리는 살면서 고통을 피해 갈 수 없는 존재다. 어떻게 슬기롭게 헤쳐 나가느냐의 문제다. 인생의 한고비 넘어서면 한 뼘 더 성장하듯, 무모하게 오른 가지산에서 친절과 따뜻함을 배웠다.

5.

산에서 만난 사람

　한글날 대체 공휴일이다. 하루 자유가 생겼다. 배낭을 챙겼다. 하늘은 높고 푸른 가을이다. 무조건 영남알프스로 가야 하는 이유이다. 언제 어느 때 가더라도 좋은 곳이지만, 가을날은 단연코 영남알프스다. 이 계절에 만나면 더 반갑고 기쁘다.

　통도사 축서암 가기 전 마을회관 공터에 주차했다. 조금 걸어가면 축서암이다. 축서암은 한때 수안스님이 거주하던 곳이다. 당시 스님의 책『참 좋다, 정말 좋구나』를 읽고 좋아서, 무작정 암자를 찾은 적이 있다. 해가 질 무렵 그곳에 도착했다. 입구에서 망설이고 있었다. 암자 마당에 서 있는 스님 한 사람이 보인다. 수안스님 같았다. 그곳까지 찾아갈 용기는 냈지만, 정작 그 상황에 맞닥뜨리니 인사할 용기를 내지 못했다. 그즈음 수안스님은 투병 생활을 하고 있었던 것으로 알고 있다. 그때 다가가서 인사를 했더라면 무례한 사람이 되었을까. 아니면 따뜻한 차라도 한 잔 얻어 마실 수 있었을까. 축서암 마당을 지나면서 그때를 잠시 떠올려 본다.

암자 마당을 지나 산길로 접어들었다. 아름드리 소나무가 가득한 숲이다. 고개 들어 위를 올려다보니 소나무 끝이 하늘에 닿아 있다. 적송의 아름다운 자태에 마음 빼앗긴다. 솔향기가 코끝으로 스며든다. 햇볕에 반짝이는 솔잎 색깔은 여전히 푸르르다.

조금 걷다 보니 임도가 나왔다. 임도를 가로질러 오르막 등산로를 걷다가 다시 임도를 걷는다. 힘들면 멈춰 서서 잠시 숨 고르기를 한다. 1시간 남짓 걸었을까. 취서산장에 이르렀다. 영축산의 전망 좋은 장소이자 최고 명당자리다. 산장 마당에 서서 양산 하북면 들판을 내려다본다. 벼가 노랗게 익어가고 있다. 하늘엔 하얀 구름이 떠 있고 산장의 줄에 매달린 등산 시그널이 바람에 나풀거린다. 가쁜 숨을 돌리며 땀을 식히고 있는데, 어떤 남자 목소리가 들렸다.

"여기. 서명 좀 하시지요!"

가까이 다가가 보니 취서산장 철거 반대 서명 명부다. 관할 지자체로부터 철거 통보를 받았다는 것이다. 무슨 이유일까. 산장에는 '문재인 대통령이 앉은 자리'라고 표시해 놓은 자리가 있다. 정권이 바뀐 지 얼마 되지 않았다. 아무 말 하지 않고 서명했다.

테이블 위, 작은 유리병에 구절초 두세 송이가 꽂혀 있다. 그 옆 나무 의자에 앉았다. 커피를 한 잔 주문했다. 산장지기에게 사진 한 장을 부탁하였다. 가을꽃을 앞에 두고 앉아 커피 한 잔의 시간을 만끽하고 있었다. 옆 테이블에 60대 초반으로 보이는 아저씨 두 명이 막걸리를 마시고 있다. 한 사람은 서명하라고 나를 불렀던 사람이다. 벌써 얼굴에 취기가 느껴졌다. 산에 혼자 왔는지 물어온다. 그렇다고 했더니, 잘 감시해야 한다면서 뜬금없는 얘기를 한다. 여자 혼자 산에 오는 사람은 수상하다면서 내게 '요주의 인물'이라고 한다. 특별한 반응은 하지 않았지만 황당했다. 자기들 자리로 와서 막걸리 한잔을 하라고 팔을 잡아 이끈다. 거절할 수가 없다. 막걸리를 한잔 받았다. 한 남자는 울산에서 회사를 운영하고 있고 또 한 사람은 공기업에 다니고 있다며 본인들을 소개한다. 취서산장 주인 부부와 개인적 친분이 있다는 이야기도 꺼낸다. 해뜨기 전에 올라와서 일출을 봤다는 말까지 덧붙였다.

그날 그 사람들 등산 목적은 산장 철거 반대 서명을 받기 위한 것이라고 한다. 기업을 운영한다는 그 사람은 울산에서 많은 직함을 가지고 활동하는 사람 같았다. 나 역시 취서산장 철거를 반대한다. 저 아래 마을에서 산장까지 올라오려면 땀 한 바가지 흘려야 한다. 땀 식히며 쉬어가기 최적의 장소다. 산행하는 사람들 휴식처다. 힘든 숨을 고르는 곳이다. 산장 마당에서 조망되는 풍경은 또 얼마나 멋스러운가. 등산객에게 추억의 장소이자 만남의 장소다. 여러 해 이어온 그곳이 갑자기 철거될 예정이라고 하니 괜히 마음이 씁쓸해졌다. 그 사람들과 상관없이 내 마음이 원해서 산장 철거 반대 서명에 기꺼이 참여했다.

영축산 산행이 목적인데 그곳에 계속 있을 수 없었다. 산으로 올라간다고 하니 두 남자가 함께 가자고 한다. 선두에 섰다. 5분쯤 올라갔을까. 뒤따라오는 사장이 보이지 않는다. 공기업 남자에게 물어보니 힘들어서 산장으로 도로 내려갔다는 것이다. 공기업 남자와 둘이 정상으로 올라갔다. 잠시 후 영축산 정상에 도착했다. 오늘도 세찬 바람이 불었다. 영축산은 바람의 산이다. 가만히 서 있기 힘들 정도의 위력이다. 모자와 머리카락이 이리저리 바람에 휘날린다. 그런데 그 바람이 싫지 않아 되레 웃음이 나왔다. 공기업 남자도 세찬 바람이 싫지 않은지 껄껄거리며 웃는다. 여러 장의 사진을 남겼다.

이왕이면 좋은 장소에서 점심을 먹고 싶었다. 바위 전망대로 안내했다. 배낭에서 맥주 한 캔과 삼각김밥, 사과 한 개를 꺼냈다. 공기업 남자는 바나나 두 개를 꺼냈다. 맥주 한 캔으로 한잔씩 나눠 마셨다. 공기업 아저씨가 본인 이야기를 꺼낸다. 울산에 살고 있고 독서 모임에 나가고 있다며, 지역에서 제법 내로라하는 사람들이 모이는 '독서 모임'이라고 한다. 오늘 함께 왔던 사장과 독서 모임에서 만났다고 했다. 최근 김훈 작가의 『하얼빈』을 읽었다고 하며, 퇴직을 1년 앞두고 있다 한다. 여유가 느껴졌다. 저 멀리 낙동강 하구가 조망되는 바위에 앉아 이야기를 나누며, 함께 음악을 들었다. 나는 조용필의 〈킬리만자로의 표범〉을 선곡했고 공기업 아저씨는 임윤찬의 〈라흐마니노프 피아노협주곡 3번〉을 골랐다. 이 연주는 안 들은 사람은 있어도 한번 들은 사람은 없을 것이라는 그 연주다. 바람 소리 때문에 제대로 음악을 들을 수 없었지만, 피아노곡을 선곡한 그 아저씨가 다르게 보였다. 나 역시 최근 클래식에 관심이 있어 이야기가 잘 통했다. 조성진, 임윤찬의 피아노 연주곡을 즐겨 듣는다는 이야기로 시간 가는 줄 모르고 이야기를 나누었다. 울산 외곽에 전원주택이 있으며 주말에 그곳에서 농사지으며 지낸다고 했다. 열심히 살아온 사람 같았다.

기다리고 있는 사람이 있으니 내려가야 했다. 바람과 햇볕 가득한 가을 산에서 오늘 처음 만난 남자와 아주 오랜 친구처럼 얘기를 나누다니. 산이 내게 준 용기였다. 산장으로 다시 내려갔다. 하산길에 두 남자가 내게 말했다. 처음에 의심하고 수상히 여겼던 생각이 바뀌었다고. 여자 혼자 산행하는 그 용기가 대단하다며 칭찬까지 한다. 카페에 들러 시원한 커피 한 잔 얻어 마시고 귀가했다.

혼자 산행은 용기가 필요하다. 첫발을 내디뎌야 가능하다. 처음은 힘들지만 한두 번 시도하다 보면 잘할 수 있다. 가고자 하는 코스는 미리 공부해야 한다.

휴일 하루. 산에서 보낸 시간이 꿈만 같다. 낯선 사람을 만나 산에서 친구가 되었다. 낯선 이에게 대단한 사람이라는 칭찬을 들었다. 오늘 나는 산에서 조금 더 용감한 사람이 되었다. 안전하고 편안한 집을 벗어나 낯선 곳에서 또 다른 세상을 경험했다. 사람은 한 가지로 평가할 수 없는 복잡한 존재다. 누구에게나 양면이 있다. 두려움과 호기심을 동시에 갖고 있는 것이 우리 인간의 본성 아닐까. 산장에서 만난 사람들을 외면하고 배척했다면 아무런 일 없이 산에 다녀왔을 것이다. 산에서 만난 사람들 덕분에 오늘 산행이 더 즐겁고 유쾌했다. 오늘 산행은 나에게 더 큰 용기를 주었다.

6.

결국, 산이었다

11월 끝자락이다. 해마다 이즈음 되면 마음이 뒤숭숭하다. 한 해가 가기 전, 기억에 남는 일을 하고 싶었던 걸까. 평일 하루 휴가를 받았다. 평일에 얻은 시간은 주말과는 확연히 다르다. 하루를 온전히 나를 위해 쓸 수 있는 시간이다. 자유다. 무엇을 할까. 궁리해 보지만 결국 배낭을 챙긴다.

운문령으로 향한다. 집에서 고속도로를 달려 언양으로 갔다. 국도 24호선 밀양 방향으로 10분 정도 가다가 오른쪽 운문로 쪽으로 나간다. 가지산 온천을 지나면 본격적인 오르막길이다.

겨울이 저만치 오고 있다고 생각했는데 아직 여긴 가을이다. 속도를 늦추었다. 빨강, 노랑으로 빛나는 단풍잎을 보니 마음이 괜스레 들뜬다. 좋고 예쁜 것을 보고 마음 흔들리는 것이 사람 마음이다. 가을에 여행을 많이 떠나고, 산과 명소에 사람들이 넘쳐나는 이유일 것이다.

어느덧 운문령이다. 구불구불한 산길이 이전에는 멀게 느껴졌는데 오늘은 금방 도착했다. 주차 공간이 없는 곳이기에 길 가장자리에 주차했다. 차에서 내리니 세찬 바람이 몰아친다. 조금 전 산길 입구와 또 다른 세상이다. 단풍 빛을 보며 가을이라고 생각했는데 여기 산꼭대기는 다시 겨울이다. 트렁크를 열어 등산화로 바꿔 신었다. 모자를 눌러쓰고 끈을 조인다. 두꺼운 겨울 장갑도 꼈다. 왕복 2차선 도로를 건너 가지산으로 들어간다.

운문령은 가지산과 문복산 사이 해발 고도 739m의 고개이다. 문복산 산행을 시작하는 시작점이기도 하다. 최근에 영남알프스인증 때문에 경주 산내면 대현마을에서 문복산 왕복 산행을 하지만, 문복산 인증이 없어지면서 다시 등산객이 뜸해진 곳이 여기 운문령이다. 오늘 나의 목적지는 가지산이다. 천천히 발걸음을 옮긴다. 길가에 싸락눈이 내려 쌓여있다. 싸락눈 쌓인 하얀 길을 걷고 있으니, 가을인가 겨울인가 헷갈릴 정도다. '우우웅 우우웅' 겨울바람이 거대한 산 울음소리 같다. 괜히 마음이 서글퍼진다. '이렇게 추운 줄 알았으면 오지 말걸. 괜히 왔나'하는 생각이 올라온다. 다시 마음을 가다듬고 애써 어두운 마음을 떨쳐낸다.

산불초소가 나왔다. 붉은색 옷을 입은 산불 감시원 아저씨가 밖에 서 있다. 반가운 마음에 큰소리로 "수고하십니다." 하며 인사했더니,

"바람이 많이 찹니다. 조심해서 잘 다녀오세요." 한다. 따뜻한 말 한마디에 힘이 솟는다. 길은 울퉁불퉁 험하지만 차 통행이 가능한 임도다. 임도는 쌀바위 입구까지 이어져 있다. 혼자 걸어도 위험하거나 무섭지 않은 길이다. 시멘트 길이 돌멩이 길이 되었다가 다시 시멘트길, 흙길로 이어졌다. 지그재그로 이어지는 임도를 걷고 또 걸었다. 석남사로 내려가는 갈림길 근처에서 오른쪽으로 좁은 산길이 나 있다. 상운산 가는 길이다. 등산 시그널이 나무에 달려 있어 쉽게 길을 찾을 수 있다.

상운산으로 방향을 잡았다. 오솔길이다. 좁은 길에 낙엽이 가득 쌓여있다. 발목이 푹푹 빠진다. 오랜만에 걷는 길이 거칠지만 호젓해서 좋다. 조금 더 올라가 바위 전망대에 섰다. 저 멀리 가지산 정상에서 뻗은 산줄기가 한쪽은 중봉으로, 다른 한쪽은 쌀바위 방향으로 이어져 있다. 하늘은 구름 한 점 없이 푸르다. 흑갈색의 겨울 산빛과 푸른 하늘의 대조가 묘하게 눈부시다.

상운산 정상에 올랐다. 몇 해 전 늦가을 이곳에서 청도 운문댐의 운해를 넋 놓고 보았던 기억이 있다. 돌무더기 작은 탑을 보며 사람들의 소망 위에 나의 작은 바람도 하나 얹는다. 바위에 걸터앉아 사진 한 장을 남겼다. 내려가는 길에도 온통 낙엽이다. 사람들이 많이 다니지 않는 산길은 멧돼지 출현이 가장 두렵다. 빠른 걸음으로 임도에 내려

섰다. 온전히 마음 놓인다. 임도를 걷는다. 편안하다. 혼자 산행할 때
는 사람들이 많이 다니는 길이 안전하다. 언제나 산행의 일 순위는 안
전이다.

우뚝 솟은 쌀바위가 저만치 모습을 드러낸다. 쌀바위는 옛날 바위틈
에서 쌀이 한 알씩 계속 나왔다고 하여 유래한 명칭이며, 미암(米巖)
이라고도 한다. 쌀바위 입구 낮은 바위에 서서 땀을 식혔다. 사과 한
조각 먹으며 가쁜 숨을 돌린다.

힘내어 다시 길을 걷는다. 정상이 멀지 않았다. 길은 점점 더 거칠
다. 나무뿌리가 길 위에 많이 나와 있다. 나무뿌리는 미끄러워 특히 조
심해야 한다. 산죽이 있는 길을 지나 정상으로 가는 마지막 계단을 올
랐다. 가지산 정상이다. 여전히 바람이 사납다. 이곳은 이미 한겨울이
다. 두꺼운 겨울 장갑을 꼈는데도 손이 뜯겨나갈 듯 시리다. 태극기는
오늘도 꿋꿋이 펄럭인다. 사진 한 장 남기고 따뜻한 누룽지 한 컵 먹고
바로 하산을 했다. 2022년 이맘때도 홀로 가지산에 올랐다. 그때는 상
운산에 오르지 않았다. 조금씩 코스는 다르지만 3년째 이 시기에 가지
산을 찾고 있다. 이제 한 해를 보내는 작은 의식이 되었다. 겨울 산의
쓸쓸하고도 아름다운 모습이 좋아 내년 이맘때 또다시 가지산에 오를
것이다. 고요한 산길을 홀로 걸으며 어느 때보다 큰 자유를 누렸다.

해마다 이맘때면 생각나는 영화가 있다. 인간의 내면과 대자연의 광

활함, 사랑, 운명, 숙명을 알려주는 〈가을의 전설〉이다. 주제곡은 누구나 한번 들으면 푹 빠지게 되는 멜로디이다. 미국 북부 몬태나주 대자연을 배경으로 전개되는 '러드로우가' 삼 형제의 굴곡진 인생 이야기다. 인간의 감정이 때로는 윤리, 도덕만으로 이해하지 못하는 영역이 있음을 알게 하는 슬프고도 아름다운 대서사시다.

우리 인간은 때론, 운명에 순응해야 하는 나약한 인간임을 다시 한번 깨닫는다. 영남알프스 가지산을 걸으며 〈가을의 전설〉과 함께했다.

혼자 산행이 나를 조금 더 용감하고 강한 사람으로 만들었다. 겨울 산의 아름다움을 알게 했다. 어려움이 클수록 우리 사람은 더 강해진다고 했던가. 아이들을 키우면서 나약했던 마음이 조금 더 단단해졌다. 딸 예원이가 서른이 되었고, 아들 찬희가 스물일곱이 되었다. 내가 힘껏 살 수 있었던 것은 아이들 덕분이었다. 또 나에게는 산이 있었다.

7.

거제 북병산에서

　내비게이션이 안내하는 길을 따라갔다. 2차선 지방도로에서 우측으로 90도 꺾어 작은 하천 위 다리를 건넌다. 심원사 가는 길이다. 오르막 외길이다. 오래된 시멘트 포장길이 깨져 파인 곳이 많다. 속도를 완전히 줄였다. 차가 한 대 내려온다면 큰일이다. 조심스럽게 위로 향하고 있는데, 저만치 앞 공사 현장에 사람이 보인다. 창문을 내렸다. 심원사 가는 길이 맞는지 확인하고 싶었다. 쭉 올라가면 된다고 일러준다.

　"산에 가시려고요?" 말을 건넨다. 그렇다고 대답하니 다시 말을 던진다.

　"이 추운 날에요? 혼자서요?"

　나보다 그 남자가 더 걱정인지 눈이 동그랗다. 여자 혼자 산에 가는 것을, 이해하기 힘든가 보다. 천천히 차를 몰았다. 심원사가 적혀 있는 푯말이 보인다. 차 서너 대 주차할 수 있는 공터가 나왔다. 차 한 대 주차되어 있는 그 옆에 내 차를 세웠다.

주차장에서 50m쯤 걸어 올라가니 심원사가 나왔다. 처음 와 보는 곳이다. 입구에 있는 둥근 3단 수각에 물이 흘러내리고 있다. 물 한 모금을 마시고 절 마당으로 들어갔다. 끝이 둥근 모양의 키 큰 석탑이 절 마당에 서 있다. 돌계단 입구 양측에는 석등이 자리하고. 대웅전은 스무 개 가까운 돌계단을 딛고 올라야 하는 위쪽에 자리하고 있다. 아담하고 조용한 절이다. 아무도 보이지 않는다. 여유로운 마음으로 둘러보고 돌아 나왔다. 북병산 정상 1.9km. 이정표를 확인하고 산으로 발걸음을 옮긴다.

2023년 12월. 금요일 하루 휴가를 받았다. 몇 해 전부터 일 년에 한두 번 혼자 여행한다. 처음에는 두렵고 힘들었다. 떨리고 긴장되는 마음 물리치며 몇 번 시도하다 보니 이제 제법 잘하게 되었다. 한 친구는 나에게 '혼자 여행 전문가'라는 말을 할 정도다. 친구의 칭찬은 또 다른 힘이 되었다.

몇 번 경험하다 보니 혼자 하는 여행의 맛을 제법 알게 되었다. 24시간 주어지는 무한의 자유, 그 자유의 참맛을 알아버렸다고나 할까. 무엇을 해도 된다. 계획하지 않아도 괜찮다. 자기가 원하는 대로 하면 된다. 여행지 주변 지리를 알아놓고 일정을 계획해 놓으면 시간을 절

약할 수 있지만, 그 또한 본인 선택이다. 누구나 여행 목적이 있을 것이다. 명소를 둘러보는 여행도 좋다. 책방 투어, 걷기, 맛집 탐방, 산행. 모두 좋다. 아무것도 하지 않아도 좋다. 의미는 부여하기 나름이니까. 이번 여행은 내게 완전한 휴식을 위한 것이다. 나에게 휴식은 느릿하게 걷고 자연을 즐기는 것이다.

오후 4시. 거제도 지세포 숙소에 도착했다. 체크인 후 옷을 갈아입고 야외 온수풀에 몸을 담갔다. 평일이고 수영장이 거의 끝나가는 시간이어서일까. 사람들이 거의 없다. 물속은 따뜻하고 바깥 공기는 차갑다. 저 멀리 지세포 야경을 보며 내 몸이 호사를 누린다. 저녁엔 몽돌 바닷가에 내려가 파도 소리를 듣고 조용한 바닷가마을을 천천히 거닐었다. 방파제 가로등 불빛이 바닷물 위로 길게 드리워져 있다. 파도에 흔들리는 불빛을 가만히 보고 있으니 평화롭고 행복한 마음이 몰려왔다.

다음 날 아침엔 남파랑길 일부를 걸었다. 옥화 문어 마을을 지난다. 분홍색 벽돌에 귀엽고 하얀 문어 그림이 그려져 있다. 한쪽 담벼락에 거대한 소라 그림이 있다. 소라 더듬이가 길게 나와 있고 몸통은 큰 동그라미로 표현했다. 동그라미 안은 물고기 떼가 빙글빙글 춤추며 돌고 있는 거대 수족관이다. 인간의 상상력에 감탄하며 걸음을 옮긴다.

어느 카페 앞 가장자리에 무지개색 의자 일곱 개가 나란히 놓여있다. 길을 걷는 여행자들이 쉬어가도록 배려한 것일까. 보기만 해도 흐뭇하고 기분 좋다.

바다 위에 만들어 놓은 나무 데크를 따라 걸었다. '무지개바다윗길'. 작명이 탁월하다. 물고기 모양 팻말도 귀엽다. 왼쪽은 산비탈이고 오른쪽으로 저 멀리 지세포 해안이다. 나무 데크가 끝나는 곳까지 걸어갔다. 길은 산으로 이어지고, 위쪽에 정자 전망대가 있다. 60대 초반으로 보이는 부부가 전망대에 서서 바다를 내려다보고 있다. 남파랑길을 걷고 있다고 한다. 내가 걸어왔던 방향으로 두 사람이 먼저 출발했다. 전망대에서 내려다보니 '바다윗길'을 걷는 두 사람 모습이 풍경의 일부가 되었다.

나도 걸어왔던 길로 되돌아 나갔다. 바다와 인접한 경사면에 동백 여러 그루가 눈에 들어온다. 벌써 꽃을 피웠다. 작고 붉은 꽃송이가 아기처럼 어여쁘다.

한 시간 걷고 숙소로 돌아와 가방을 챙겼다.

지금 나는 북병산을 오르고 있다. 능선에 올라서니, 평탄한 길이 이어진다. 고개 들어 하늘을 올려다보니 잎 떨어진 나무우듬지가 하늘에 닿아 있다. 혼자 산행은 자연을 더 자세히 볼 수 있어 좋다. 내 발걸음에 오롯이 집중할 수가 있다.

이전에는 여자 혼자 산에 가면 큰일 나는 줄 알았다. 혼자 가보겠다는 생각조차 하지 않았다. 아이들이 성인이 되면서 여유가 생겼다. 산악회를 검색하고 알아봤지만 차 안에서 보내는 시간이 아까웠다. 시간 맞추기도 힘들었다. 동네 산부터 혼자 올랐다. 혼자 산에 다니다 보니 지금은 제법 잘 가게 되었다. 혼자 산행할 때 안전에 대한 준비는 언제나 철저해야 한다. 사전 조사와 준비는 필수다.

심원사 오르는 길에 만났던 아저씨에게 무전이라도 치고 싶었다.

'혼자 산행 잘하고 있으니 걱정하지 마세요.'라고.

옷 벗은 겨울나무 숲을 지나니, 정상이다. 30분 남짓 걸렸다. 465.4m. 북병산. 거제 바다가 그림같이 펼쳐져 있다. 짙은 옥색이다. 망치마을 해안선이 반원 모양으로 매끈하고 아름답다. 바닷가마을 집들은 평화롭다. 수평선 위에 하얀 구름이 두둥실 떠 있다.

춥다는 일기예보에 겁먹었는데, 산꼭대기 바람은 그다지 차갑지 않았다. 햇볕이 가득 내리쬐고 있어서일까. 세차게 불던 바람도 조용해졌다. 산을 오르면서 내려가는 등산객 한 사람 만났다. 산 정상에는 아무도 없다. 이래도 되나 싶어 미안할 정도다. 하늘과 구름, 나무와 바위, 태평양을 품은 넓고 푸른 바다. 모두 내 것이었다. 오랫동안 산 위에 머물렀다. 친구에게 사진 몇 장 보냈다. 여행하고 산행도 할 수 있어 코스 좋다는 답이 왔다.

낯선 곳에서 나를 마주하는 시간은 일상 공간의 시간과는 확연히 다르다. 낯선 장소가 주는 특별함이 있다. 여행하면서 책을 읽고 음악을 듣고 일기를 쓴다. 때론 두렵고 서글퍼질 때도 있지만 억지로 의미와 가치를 부여한다. 그 '억지로'가 때로는 '진짜'가 된다는 것을 알기 때문이다.

혼자 여행하는 것은 용기가 필요한 일이지만, 생각보다 아주 엄청난 용기가 아니어도 가능했다. 경험으로 알게 되었다.

아이들이 나를 키웠다

아이들과 외식하러 갔다. 메뉴판을 보니 삼겹살 원산지에 국내산, 스페인산이 함께 적혀 있다. 국내산을 주문했는데 고기가 막 해동한 것처럼 보였다. 삼겹살을 담은 접시에 물기가 있다. 의심스러운 눈으로 보면, 모든 것이 의심스럽게 보인다고 했든가.

아르바이트하는 학생 같아 보였다.

"이거 국내산 삼겹살인가요? 아니면 스페인산인가요?"

친절한 말투가 아니었다. 내 목소리는 이미 국내산이 아니라고 단정 짓고 있었다. 사장을 불러주겠다며 쭈뼛쭈뼛하였다.

"엄마! 그만해."

두 아이가 동시에 나를 쳐다보며 말렸다. 갑자기 정신이 들었다. '기분 좋게 외식 왔는데 지금 내가 뭐 하고 있는 거지?' 아르바이트 학생에게 사장님 안 불러줘도 된다며 다소 누그러진 목소리로 말했다. 엄마는 매사 부정적이라는 말을 스무 살 넘은 두 아이에게 들었다. 계속 그렇게 살아온 것이다.

서로를 끌어안고 소리 내며 울었던 그날, 아이들 우는 소리가 아직 귀에 생생하다. 아무런 준비도 없었다. 오로지 그 현실에서 벗어나고 싶었다. 아이들은 어렸고 부모의 손길이 많이 필요할 때였다. 살갑게 챙기지 못했다. 먹고 사는 일이 우선이었다. 아이들에게 어른처럼 모든 것 알아서 해주길 바랐다. 큰아이 예원이에게 더 많은 것을 요구하고 기대했다. 내 틀에 맞추었고 마음에 들지 않으면 지적하고 소리 질렀다. 내 눈치를 봤다. 엄마의 기분이 어떤지 먼저 살폈고 그런 아이들이 안쓰러웠다. 그럼에도 혼자서 생계를 책임지고 아이 둘을 키운다는 것은 녹록한 일이 아니었다.

대출금이 대부분이었던 아파트를 처분하니 2천만 원 남았다. 전 재산이었다. 1원의 위자료도 없었다. 그는 신용불량자였고 내 카드까지 쓰고 있었다. 그가 남긴 카드 빚까지 떠안아야 했다. 양육비는 두 번 주고 그것으로 끝이었다. 큰 분노가 내 안에 자리 잡았다. 내 속의 '화' 때문인지 아이들을 온전히 사랑으로 키우지 못했다. 마음의 여유가 없었고 사랑이 부족했다. 부정적인 내 감정이 아이들에게 고스란히 갔다. 큰소리 내고 반성하기를 번복했다.

어느 날 아이들 얼굴에 그늘이 보였다. 밝았던 아이들 표정이 어두워져 있었다. 사춘기가 되면서 예원이가 반항했다. "엄마! 밖에서 또 무슨 일 있었던 거야? 도대체 왜 내게 자꾸 화내는 거야!"

그동안 내가 아이들에게 무슨 짓을 해왔던 걸까. 상대를 원망하며 아이들을 살갑게 챙기지 못한 내가 과연 떳떳한 엄마라 할 수 있을까. 아이들을 내가 키우기로 한 것이 과연 옳은 선택이었을까.

홀로 남게 되었을 때 지인이 했던 말이 귓가에 맴돌았다.

"아이들 키우는 거 신중하게 생각해야 한다. 결국 크면 아빠를 찾아가고, 키운 사람 원망을 할 수 있다. 그런 모습 주위에서 많이 봐 왔다." 그럼에도 아이들을 그에게 줄 용기를 내지 못했다. 믿을 수 없었고 안심할 수 없었다. 결국 나의 선택이었고 결정이었다. 내 선택에 온전히 책임을 다하지 못했다. 사랑으로 아이를 보듬지 못한 내가 바보 같았다. 나도 살아야 했고 숨 쉬어야 했다는 말이 과연 핑계가 될 수 있을까. 아이 가슴에 깊은 상처를 남겼다. 부모의 잘못으로 아이들을 아프게 했다. 온전한 사랑과 안전 속에 자라야 할 아이들을 불안하게 만들었다.

108배를 시작했다. 10개월 동안 빠지지 않고 매일 했다. 바라고 원하는 것 없이 전적으로 지켜봐 주고 기다려 주기로 마음먹었다. 왜 그동안 그렇게 하지 못했을까. 걷잡을 수 없이 눈물이 흘렀다. 지나간 시간을 돌이킬 수 없지만 아이 가슴에 있는 상처가 아물기를 기도했다. 딸 예원이에게 눈물의 편지를 썼다. 용서를 구했다. 시간이 흘렀다.

어느 날 딸이 손을 내밀었다. "엄마! 이제 엄마 마음 이해해. 나도 미안해."

아들 찬희가 대학 한 학기 마치고 해군에 입대했다. 홀로 집에 남았다. 퇴근 후 텅 비어 있는 아들 방문을 열어볼 용기가 나지 않았다. '엄마 다녀왔습니다.' 하며 현관문 열고 막 들어올 것 같았다. 마음이 아렸다. 애틋한 관계는 아니었지만, 빈자리가 컸다. 특별히 할 일이 없어 저녁 늦게까지 영화 보고 텔레비전을 봤다. 당연히 늦게 잠들었고 늦잠을 잤다. 출근하기에도 바빴다.

어느 날, 스크린 한 장면 속의 '한 여자'가 내 눈에 들어왔다.

아침마다 허둥대는 한 여자가 저기 있다. 아침에 일어나기 힘들어 알람 끄기를 여러 번 반복하다가 부스스 겨우 일어난다. 서두르며 씻고 화장은 하는 둥 마는 둥. 싱크대에 서서 사과 한 알로 아침을 때우고 어떨 땐 차 안에서 빵 한 조각으로, 어느 날은 밥 먹을 시간이 없어 굶기도 한다. 출근 후 직장에서는 태연하게 앉아 주민들을 만나 이야기 나누고, 감기 환자에게 복약지도와 건강교육을 한다.

"규칙적인 생활 하세요, 세 끼 식사가 중요합니다, 잘 챙겨 드셔야 합니다, 일찍 주무세요."

조금 일찍 일어나면 모든 것이 해결될 텐데, 아침밥도 식탁에 앉아 여유롭게 먹을 수 있을 텐데, 왜 저렇게 살고 있을까. 화면 속 그 여자가 참으로 한심스러웠다. 부끄러운 영화의 한 장면이었다.

대학원 공부를 시작했다. 일주일 두 번 야간 수업이었다. 20대부터 60대 사람들과 중국, 몽골 젊은이들과 함께 공부했다. 함께 공부하는 60대 선배의 실패하고 재기한 인생 이야기는 또 다른 공부가 되었다. 중국 공산당 당원의 위세가 어떻다는 것을 본인 입으로 직접 들을 수 있었다. 비싼 학비만큼 얻는 것도 많았다. 수업 공부만이 아니라 사람에게 배우는 것이 더 많은 대학원 공부였다. 밤 10시에 수업 마치고 귀가했지만 피곤하지 않았다. 수업이 없는 날은 밤 11시까지 사무실에 남아 과제를 했다.

입대 후 훈련기간인 아들에게 매일 인터넷 편지를 보냈다. 대학원 공부 시작했다는 이야기, 책에서 읽은 좋은 말을 인용하여 보내기도 하였다. 아들이 군복무 열심히 하는 동안 나는 대학원 공부에 집중할 수 있었다. 그나마 고개 들 수 있는 엄마가 되었다.

2020년 12월. 자기 계발 카페에 가입했다. 모든 것이 온라인으로 진행되었다. 카페지기는 새벽 기상 이후 자신의 인생이 바뀌었다고 했다. 따라 해보기로 했다. 2021년 1월 1일. 5시 알람 소리에 몸을 벌떡 일으켰다. 새벽에 일어나 독서하고 운동했다.

'타임스탬프'의 사진으로 카페 단체 대화방에 기상한 시간, 운동시간을 올려 인증했다. 저녁형 인간으로 살다가 아침형 인간으로 바꾸는 것이, 처음엔 쉽지 않았다. 차츰 적응해 나갔다. 어떤 날은 알람이 울리지 않는데 눈이 뜨였다. 읽은 책이 쌓여갔다. 독후감 따위 쓰지 않아도 좋았다. 그냥 읽고 좋은 문장에 밑줄을 그었다. 내용을 금방 잊어버렸지만 재미있게 읽는 것으로 좋았고 만족스러웠다. 한 시간 책을 읽고 집 앞 거북공원으로 나갔다. 체감 온도가 영하 18도였던 새벽에도 거르지 않았다. 새벽 추위를 견디지 못해 달려보았다. 얼마 만에 달려보는 것인지 기억나지 않았다. 저기 보이는 건물까지 달려보자, 오늘은 공원 두 바퀴 뛰어보자, 오늘 아침은 공원 세 바퀴 달리자. 그러다 1km를 달리게 되었고, 지금은 10km를 뛰는 사람이 되었다.

　오늘도 알람 소리에 눈을 떴다. 오전 다섯 시. 양치하고 부엌으로 가서 미지근한 물 한 잔 마신다. 이불을 정리하고 운동복으로 갈아입는다. 거실 식탁 의자에 앉았다. 확언 노트를 펼친다. 2024년 1월 1일부터 확언을 적고 있다. 하루를 시작하는 나만의 의식이다. 이영미의 『마녀체력』을 펼쳤다. 작가는 출판 에디터로 살다가 건강에 위협을 느껴, 어느 날부터 수영하고 달리기를 하였으며 자전거까지 타게 되었다. 그러다 철인 3종 경기까지 하게 되었다는 작가 이야기에 푹 빠졌다. 이 책을 읽고 철인경기에 도전하는 여자들이 많아졌다고 한다. 좋은 책을 만나는 것은 행운이다. 무슨 일이든 마음과 태도가 더 중요하다는 것을 알게 했다.

　천 번을 흔들려야 어른이 된다고 했든가. 산에 오르면서 나의 뾰족함이 깎여갔다. 이전보다 유연해졌다. 책을 읽고 운동하면서 긍정적으로 바뀌었다. 다른 사람의 장점을 보려고 노력한다. 이전보다 철들고 조금 더 성숙한 어른으로 변해가고 있다. 나를 키운 것은 나의 아이들이었다.

제 5 장

산,
시작하는 이들에게

중요한 것은 크고 대단한 것이 아니었다. 멀리 있는 것이 아니었
다. 지금 내 옆에 있는 사람에게 귀 기울이는 것이었다. 오늘
하루를 충실히 사는 것이었다. 사람들에게 친절하게
대하는 것이었다. 공감하는 것이었다. 매일 아
침 떠오르는 태양과 맑은 공기에 감
사하는 것이었다.

1.

우리 동네 걷기부터

집 가까이 공원이 있다. 산에 가지 않는 주말에는 공원을 걷는다. 토요일 아침 6시 눈을 떴다. 영하 6도 체감 온도는 영하 9도. 최근 가장 낮은 기온이다. 양치를 간단히 하고 미지근한 물 한 잔 마신다. 베란다에 나가 창밖을 내다보니 아직 깜깜하다. 아파트 주차장 가로등 불빛이 새벽을 밝히고 있다.

장석주 작가의 『내가 읽은 책이 나의 우주다』를 펼쳤다. 작가의 책장에는 족히 만 권 넘는 책이 꽂혀있다고 한다. 얼마의 책이 있는지 작가도 정확한 수량을 모른다고 했다. 한 해 집으로 배달되어 오는 책과 직접 구매하는 책을 합하면 천 권 넘는다고 한다. 하루에 서너 권 책을 읽고, 책 한 페이지를 통으로 읽는다고 한다. 작가의 독서력이 과히 놀랍다. 아직 초보 독서가인 나는 글자를 따라가며 읽는다. 어려운 책을 만나면 집중하기 힘들 때 많다. 책 읽으며 엉뚱한 생각을 할 수 있고, 집중 못할 수도 있다는 작가의 글귀에 위안을 얻는다. 독서 방법에 너무 얽매일 필요가 없다는 작가 의견이 힘이 된다.

마음에 들어오는 문장에 줄 치며 책을 읽는다. 다 읽은 후 밑줄 친 부분만 다시 본다. 그것으로 끝이다. 시간 지나면 기억나지 않는다. 읽은 후 잊어버려도 책을 좋아하고 즐겨 읽는다.

종이책을 직접 사서 읽는 편이다. 읽지 않은 책이 책꽂이에 제법 많이 꽂혀있다. 그럼에도 읽고 싶은 책이 있으면 또 주문한다. 책 욕심이 많다. 작가는 그 부분에 대해서도 시원하게 답을 주었다. 책은 지금 당장 아니라도 언젠가 읽기 위해 구매하는 것이라고. 책이 있어야 읽고 싶을 때 읽게 된다고 한다. 조급한 마음을 내려놓아도 되겠다는 생각이 들었다. 장석주 작가의 말처럼 언젠가 읽을 그날을 위해.

30분 동안 책을 읽고 아침 일기를 썼다. 운동복으로 갈아입었다. 집 안일을 하고 나니 오전 11시. 털모자를 눌러쓰고 겨울 장갑을 끼고 넥워머도 목에 둘렀다. 문 열고 밖으로 나갔다. 햇살이 눈부시다. 집 안과는 다른 세상이다. 이른 아침보다 기온이 조금 올랐는지, 춥지 않다.

거북공원을 한 바퀴 돌고 해반천으로 향한다. 건널목 앞에서 신호를 기다리고 있는데, 반바지에 얇은 윗옷을 입은 청년이 달려와 내 옆에 선다. 불빛이 바뀌자마자 바람같이 달려 해반천으로 내려간다. 운동 하는 사람에게 언제나 눈길 가고 호감이 간다.

'경원교'를 건너 가야의 거리에 접어들었다. 오른쪽 화단 입구에 〈한국의 아름다운 길 100선〉 표지석이 서 있다. 상 받은 길, 아름다운 길이다. 이미 검증된 길이다. 내가 사는 지역에 이렇게 특별한 길이 있고 그 길을 직접 걸으니 절로 자부심이 올라온다. 눈앞에 키 큰 소나무 몇 그루가 늠름하게 서 있다. 차가운 날 푸른 소나무의 기상은 더 특별하게 보인다. 오른쪽 홍매화 나무에 꽃잎이 몇 개 남지 않았다. 먼저 피었으니 먼저 진다. 남아있는 붉은 꽃잎을 카메라에 담았다. 다시 길을 걷는다.

수릉원으로 향한다. 명자꽃이 눈부시다. 수릉원을 한 바퀴 돌고 이어 대성동 고분을 걷는다. 잔디 틈에 노랗게 민들레가 피어있다. 그 옆으로 큰개불알풀꽃이 가득하다. 저만치 자전거 타고 온 아주머니가 작은 가방에서 검은 비닐봉지와 칼을 꺼낸다. 쑥을 뜯을 모양이다. 앞쪽에서 걸어오는 두 여자가 어린 강아지를 데리고 나왔다. 태어난 지 한두 달쯤 되었을까. 그 강아지 눈에 봄은 또 어떤 모습일까.

아침 집안에서 바라본 창밖 기온은 영하 9도였다. 밖으로 나갈 엄두가 나지 않았다. 마음먹고 밖으로 나서니 다른 세상이다. 저마다 모습으로 봄이 한창이다. 겨울을 이기고 우뚝 서 있는 소나무의 기상, 엄동설한을 뚫고 먼저 꽃 피운 홍매화, 차가운 땅을 뚫고 올라온 쑥, 노란 민들레와 풀꽃, 어린 강아지의 외출. 아름다운 봄이 눈앞에 와 있었다.

매일 만 보를 걷는다. 출근해서 사무실 옆 공원을 걷고, 점심 식사 후 공원이나 하천 주변을 걷는다. 오후 한가한 시간에 사무실 안에서 20~30분 움직인다. 하루 두세 번 정도 나눠서 하니 만 보를 쉽게 채울 수 있었다. 걷기 앱을 이용하여 매일 만 보를 걷고, 100원 캐시도 받는다. 운동하며 모은 돈으로 공짜 커피 마시는 재미 또한 쏠쏠하다.

한때 친구 다섯 명이 온라인으로 '만보걷기'를 했던 적이 있다. 매일 만 보를 걷고 난 후 증거 사진을 단체방에 올려 인증했다. 처음에는 모두 열심히 했다. 며칠 직접 해보니 쉬운 일이 아니었다. 만 보를 걷기 위해서는 한 시간 사십 분을 연속해서 걸어야 한다. 각자 차이는 있겠지만 10분에 천 걸음 계산하면 된다. 한 번에 채우려니 지치고 시간이 많이 들었다. 몇 달 지나지 않아 모임은 흐지부지되어 버렸다. 한 번에 다 걸어야 하는 줄 알았다. 방법을 다르게 하려고 생각하지 못했다. 어느 날부터 두 번 세 번 나눠서 걷게 되었다. 이전보다 만 보를 쉽게 채울 수 있었다. 꾸준히 하는 것이 더 중요했다.

갱년기 지나면서 허리 아파 고생했다. 머리 감는 거조차 제대로 할 수 없었다. 여러 병원에 다녀 보았지만 좋아지지 않았다. 우리나라 척추 명의를 만났다. 혹여 좋은 방법이 있을까 기대했지만, 수술 아니면 방법이 없다는 이야기를 들었다. 절망적이었다. 나도 모르게 눈물이 흘러내렸다. 수술할 용기가 나지 않았다. 스스로 허리 통증 전문가가 되어야만 했다. 치열하게 정보를 찾아 공부하며 운동을 최우선 순위에 놓았다. 영양을 생각하며 식단을 챙겼다. 체중을 줄였다. 6개월 지나면서 허리 통증이 서서히 줄어들었다. 희망이 생겼다. 지금까지 그렇게 계속 관리하고 있다.

지금도 가끔 허리 통증이 찾아온다. 그럴 땐 내 몸을 다시 돌보고 챙긴다. 이제 내 허리는 내가 전적으로 책임지고 있다. 내 힘으로 관리할 수 없을 때는 병원 도움을 받는다. 병은 살살 달래면서 살아가야 한다는 것을, 나이 오십 넘어 깨닫게 되었다. 내게 만 보 걷기는 이제 생존이다. 4년 넘었다.

동네 한 바퀴 돌고 집으로 돌아왔다. 오랜만에 집밥을 했다. 봄이다. 냉이된장국을 끓이고 시금치나물을 만들었다. 머위를 데치고 청도 미나리를 접시에 담았다. 계란말이를 만들었다. 초록 밥상이다.

주위 사람들은 가끔 내 허리 안부를 묻는다. 머리 감기도 힘들어 직장휴직까지 생각했다. 허리 아픈 환자였던 내가 멀쩡하게 10km를 달리고 높은 산에 오른다. 하루도 빠지지 않고 매일 만 보를 걸었던 덕분이라고 확신한다. 매일 하는 것의 힘은 세다.

2.

시산제, 낮은 마음으로

3월 3일. 시산제 날이다. '좋은친구들산악회' 1년 행사 중 가장 중요한 날, 여느 정기산행 때보다 많은 회원이 참석한다. 한 해 동안 안전한 산행을 위해 기원하는 시간을 갖는 것은 의미 있다. 장소는 너무 멀지 않은 곳, 비교적 쉽게 오를 수 있는 곳, 너무 높지 않은 곳으로 정한다. 2024년 시산제 장소는 부산 백양산 삼각봉으로 결정되었다.

부산 사상구 백양대로. 신라대학교 글로벌타운 앞에서 만나기로 했다. 총무 금순이 차를 타고 약속 장소에 도착했다. 8시 50분. 차에서 내리니 바람이 제법 차다. 한낮 최고 기온이 12도까지 올라간다는 일기예보에 옷을 가볍게 입고 왔다. 싸늘하다.

겨울 산행은 보온용품을 잘 챙겨야 한다. 산 위로 올라갈수록 평지와 기온 차가 벌어진다. 산 위 날씨를 예측하기 힘들 때가 많다. 넥워

머플러를 목에 두르니 따뜻해졌다. 잠시 후 친구들이 한 명 두 명 도착한다. 오늘 참석자 8명이 다 모였다. 총무가 준비한 음식들을 친구들 배낭에 조금씩 나누어 담는다. 내 가방에는 맥주 한 캔, 밤, 대추, 수육, 음료수를 넣었다. 성수와 상구에게 나물, 과일 등 무거운 것을 건넨다. 남자 회원은 언제나 든든한 버팀목이다. 내 배낭에서 고구마를 꺼냈다. 아침에 쪄서 바로 가지고 왔더니 아직 따끈하다. 친구들과 나눠 먹고 산으로 출발한다.

신라대학교 글로벌타운 뒤쪽에 산으로 이어지는 길이 있다. 산길 옆 개울에 물이 졸졸 흐르고 있다. 맑고 경쾌한 물소리에 봄기운이 전해져 온다. 숲으로 들어서니 공기가 다르다. 앙상한 가지만 남아있는 겨울 숲이지만 저 아래 아스팔트 공기와 비교할 수 없다. 하늘과 햇볕, 바람과 구름 모두 다르다. 10분도 걷지 않았는데 벌써 다른 세상이다. 이 맛에 오늘도 산에 오른다.

회원 네 명은 지난해 시산제 이후 모임에 처음 참석했다. 그때 이후 산행도 처음이라고 한다. 계속 높은 산으로 가서 따라갈 엄두가 나지 않았다고 말한다. 어쩌면 핑계다. 이전에 설악산, 한라산, 지리산을 함께 갔던 친구들이다. 한번 참석하지 않으면 계속 그럴 일이 생긴다. 가고 싶은 마음이 없어지기도 한다. 사람 마음은 다 비슷하다. 나 역시 마찬가지여서 정기산행 날에는 다른 약속을 잡지 않는다. 기필코 참여하려고 한다. 정기산행을 우선순위에 올려놓는 이유다.

아무튼 1년 만에 친구들 얼굴을 많이 볼 수 있어 '시산제'가 반갑고 기분 좋다.

인선이가 앞장서고 있다. 지난 일 년 동안 정기산행에 한 번도 참석하지 않았다. 자기 동네 산이라며 잘 걷는다. '함께'의 힘 때문일까. 힘들어서 그동안 산에 가지 못했다는 말이 거짓말 같이 들린다. 한 시간 걸려 삼각봉에 올랐다. 미세먼지로 시야가 뿌옇다. 저 멀리 낙동강과 김해평야가 흐릿하지만, 산바람은 상쾌하기만 하다. 산불 감시원에게 부탁해 단체 사진을 남겼다.

백양산 방향으로 다시 걸음을 옮긴다. 애진봉 가기 전 돌탑 있는 자리가 눈에 들어왔다. 제법 자리가 넓어 시산제 장소로 제격이다. 자리를 펴고 배낭에서 음식을 꺼낸다. 떡과 수육을 접시에 담고 나물도 올린다. 과일을 깨끗하게 닦아 접시에 담아 앞자리에 가지런히 놓는다. 산악회장이 꺼낸 밥에서 김이 모락모락 오르고 있다. 아침에 직접 지어서 담아왔다고 한다. 정성이 느껴졌다.

간단한 격식에 맞춰 시산제를 시작한다. 순국선열과 먼저 가신 산우에 대한 명복을 비는 묵념을 한 다음 회장이 대표로 산악인 선서를 했다. 부회장이 축문을 낭송한다.

'산을 배우고 산을 닮으며 그 속에서 하나가 되고자 오늘 여기 산의 신께 제를 올리나이다. 천지간의 모든 생육은 저마다의 아름다운 뜻이 있으니, 풀 한 포기 꽃 한 송이 나무 한 그루도 함부로 하지 않으며, 아름다운 것을 그윽한 마음으로 즐기는 그러한 산행을 하는 산을 닮은 사람들이 되고 싶나이다.

…… 부디 우리 산행을 굽어 살펴 주옵소서…….'

분위기는 자못 경건하다. 올 한 해도 안전하고 즐거운 산행이 되길 마음 모아 기원했다. 제를 모두 마치고 막걸리 한 잔으로 음복하고 나물과 밤을 안주로 먹는다.

총무 금순이가 배낭에서 큰 양푼을 꺼낸다. 비빔밥용 그릇이다. 우리는 해마다 시산제 후 비빔밥을 만들어 먹는다. 살림꾼 인선이가 양쪽 손에 비닐장갑을 꼈다. 양푼에 밥과 나물을 넣어 두 손으로 비비기 시작한다. 옆에서 경순이가 참깨와 참기름을 넣어 준다. 인선이 배낭에서 명태껍질 볶음을 꺼냈다. 비빔밥이랑 먹으면 맛있을 것 같아 매콤하게 양념했다고 한다. 한쪽에서 비빔밥을 만들고 있고, 도영과 나는 명태껍질 반찬에 정신 팔려 계속 집어 먹고 있다. 엄마 맛이다. 자꾸 손이 간다. 엄마가 만들어 준 반찬 먹었던 적이 언제인지 까마득하다. 도영이 엄마 돌아가신 지 20년 가까이 되었을 것이다. 우리 엄마는 8년째 요양병원에 계신다. 인선이 손맛은 이미 우리에게 소문이 나 있다. 자꾸 먹어도 당기는 맛이다. 시산제 나물도 몇 년째 인선이 담당이다. 식감이 아삭하고 간도 입에 딱 맞다. 역시 주부 9단의 맛은 다르다. 인선이 옆집에 살고 싶다며 너스레를 떨어본다.

모두 비빔밥 한 그릇을 받았다. 맥주 한 잔으로 건배했다. 비빔밥은 몇 번 씹지도 않았는데 목구멍으로 술술 넘어간다. 맛있는 음식 앞에서 왜 이렇게 욕심이 생길까. 비빔밥도 먹어야 하고 술도 한잔 마셔야 하고 친구들과 수다도 떨어야 하고.

백양산 정상에 올라 단체 사진을 남겼다. 나무 의자에 앉아 성수가 준비해 온 따뜻한 커피 한 잔을 마시고, 산길을 천천히 걸어 내려왔다.

안전한 산행과 즐거운 산행을 기원하는 날이다. 이런 의식을 통해 등산의 의미와 가치를 한 번 돌아본다. 산을 통해 서로 도움 주고, 자연을 사랑하며 살아가라는 가르침을 배운다.

시산제의 축원문처럼 산을 배우고 산을 닮아가기를, 풀 한 포기 꽃 한 송이 나무 한 그루도 함부로 하지 않기를, 아름다운 것을 즐기며 그윽한 마음으로 살아가기를 소망한다.

3.

체력이 너무 부족한데요

오전 8시. 밀양역 앞에 도착했다. 약속 시간까지 20분 여유가 있다. 길 가장자리에 주차한 후 밀양강으로 나가보았다. 잔디가 깔린 미니 축구장이 보인다. 그 옆으로 밀양강이 흐른다. 이른 아침 몇몇 사람이 길을 걷고 있다. 저 멀리 종남산 꼭대기에 눈이 하얗다. 바람이 차갑다. 빗방울도 흩날린다.

여고 친구 현실과 영화를 만나 공설운동장으로 이동했다. 시청 앞 길가에 관광버스가 줄지어 주차해 있다. 운동장으로 가는 도로에 차가 밀린다. 왼쪽 골목 상가 쪽으로 차를 돌렸다. 골목 안 무료 주차장도 이미 만다다. 길가에 주차 자리가 있어 빠르게 주차했다. 사람들이 골목 여기저기에서 나와 행사장으로 향하고 있다. 우리도 사람들 틈에 섞여 운동장으로 향한다. 경쾌한 음악 소리가 저만치 들려온다. 진정되지 않아 가슴이 자꾸 뛴다.

한 해 마라톤 관문을 여는 '밀양아리랑 마라톤대회' 날이다. 신청자가 10,349명. 역대 최대 인원이라고 한다. 하프 코스 신청자가 4,416명, 10km 신청자가 5천 명 넘었다고 하니 마라톤 열풍이 참으로 대단하다. 최고령 참가자가 82세라고 한다. 참여 자체만으로 많은 이에게 동기부여가 될 것 같다.

운동장 가까이 걸어가니 한쪽에 '회전판 돌리기'가 한창이다. 회전판을 손으로 돌린 후 멈춰 서면 화살표 바늘이 멈춘 곳에 있는 상품을 주는 게임이다. 참여하고 싶은데 줄이 너무 길다. 뒤쪽 천막에서 어묵국을 나눠 주고 있다. 한 그릇을 받아 깨끗이 비운다. 몸이 따뜻해졌다. 다른 한쪽에서 밀양 특산품 청양고추를 나눠 준다. 한 봉지 선물 받았다. 그야말로 축제다.

9시가 지나고 있다. 물품보관소에서 대형 봉투를 받아 겉옷과 소지품을 모두 넣어 보관소에 다시 맡긴다. 운동장 안으로 들어가 트랙 한 바퀴 뛰며 몸을 풀었다. 다행히 흩날리던 비가 그치고 바람도 아침보다 차지 않다. 마라톤 참가자들이 운동장에 모여, 중앙 무대 음악에 맞춰 함께 스트레칭과 준비운동을 한다.

하프 코스 참가자들이 먼저 출발선으로 이동한다. 10시 정각. 출발 신호가 울렸다. 1분, 2분이 지나고 5분 넘어섰는데 여전히 출발하는 사람들이 있다. 대단한 행렬이다. 다음은 10km 차례다. 출발 트랙으로

걸어가니 이미 줄이 50m 넘게 이어져 있다. 출발선까지 천천히 걸어
간 후 우리도 출발했다. 운동장 트랙을 절반 돌아 동문으로 빠져나간
다. 큰길에 접어들면서 친구들을 두고 혼자 앞으로 나갔다. 사람들 틈
을 뚫고 앞으로 나아가는 일이 쉽지 않다. 사람들이 많아 부딪힐 정도
다. 이제부터 혼자 달려야 한다. 완주가 목표다. 즐기기로 마음먹는다.

    어느 날 달리기가 내게 왔다. 2021년. 코로나 시기에 자기 계발 카
페에 참여했다. 출근 전 이른 아침에 공원을 걸었다. 1월 어느 날 새벽
기온이 영하 14도였다. 체감 온도는 영하 18도였다. 중무장하였지만
엉덩이가 시렸고 추위를 견디기 힘들었다. 추위를 이기려고 천천히
달려보았다. 허리 통증이 있었기에 조심스레 시도했는데 뜻밖에 아프
지 않았다. 그때까지 달리기 하면 더 아플 것이라는 생각을 하고 살았
다. 첫날에 공원 반 바퀴 달렸다. 다음날은 조금 더 뛰었다. 그 뒷날은
조금 더. 그렇게 달리기를 시작했다. 2, 3주가 지났을까. 어느 날 5km
달리기에 도전했다. 죽을 것 같이 힘들었지만 죽지 않고 해내었다. 완
주 후 공원 정자에 드러누워, 10분 정도 쉬고 나니 몸이 회복되었다.
그렇게 나는 달리기에 빠져 일주일에 두세 번씩 계속 달렸다.
    내 생애 첫 마라톤대회 신청을 했다. 코로나 기간이라 언택트
(Untact) 레이스로 치러졌다. 첫 공식 대회는 '부산 바다 마라톤대회'
였다. 1주일 기간을 주었다. 시간, 장소 상관없이 전국 어디서든 달리

는 것이 가능했다. 신청한 레이스를 완주한 후에 스마트폰 앱으로, 내가 달린 레이스를 전송하면 된다.

2021년 11월 6일 토요일. 내가 달리기로 결정한 날이 되었다. 장소는 김해 연지공원으로 정했다. 공원 가장 바깥 산책로 한 바퀴가 1km다. 열 바퀴 돌아야 한다. 스스로 마법을 걸었다. 천천히 달리면 된다, 끝까지 멈추지 말자, 죽을 것 같으면 멈추자고. 그렇게 생애 처음으로 10km를 완주했다. 인증사진을 남기고 친구들에게 자랑했다. 허리 아픈 사람이었던 내가 한 시간 계속 달릴 수 있는 사람이 되었다.

코로나 때문에 전국 마라톤대회가 대부분 온라인으로 대체됐다. 손기정 마라톤, 부산 환경 마라톤, 서울 마라톤. 모두 버츄얼(virtual)로 참여해 10km 메달 네 개를 받았다.

2년 동안 열심히 달리다가 2023년은 게으르게 달렸다. 혼자 연습하다 보니 처음 열정이 서서히 식어갔다. 겨우 명맥만 유지했다. 혼자서 하기에 한계가 따랐다. 마음은 계속 달리고 싶었다.

2024년 1월. 직장 마라톤 동호회에 가입했다. NRC(Night Running Crew). 매주 화요일 저녁 7시, 구청 옆 대저생태공원에 모여 둑길을 달린다. 근무지에서 20km를 운전해서 가야 한다. 거리가 멀어 처음에는 고민했다. 가겠다는 결정을 하고 나니 먼 거리는 걸림돌이 되지 않았다. 마음이 더 중요했다. 함께 모여 달리니 페이스가 잘 나왔다.

잘 뛰는 사람과 같이 달리니 동기부여가 되었다. 10분 거리에 있는 동료들보다 50분 거리에 있는 내가 더 열심히 참여하고 있다. 화요일마다 설레는 마음으로 모임 장소에 달려간다. '함께'의 힘은 컸다.

　오프라인 참여는 처음이다. 출발 전부터 설렜다. "지원아! 오늘 1시간 안에 완주해!" 현실이가 나를 응원한다. 그렇게 우리는 파이팅을 외치며 출발했다. 수많은 사람 속에 섞여 달렸다. 길 위를 달리는 남자 여자 젊은이 아이 노인. 모두 남다른 사람으로 보였다.

　드디어 결승점에 이르렀다. 1시간 1분 14초 기록이 나왔다. 페이스가 문제 되지 않았다. 완주해서 기분 좋았고 행복했다. 결승점에 들어온 후 운동장 잔디마당에서 기념사진을 남겼다. 두 손을 힘차게 들고 손가락으로 브이를 하며 한 장, 엄지손가락을 우뚝 세워서 또 한 장, 메달을 두 손으로 들고 있는 사진 또 한 장. 최고의 순간이었다. 스스로 대단한 사람이 된 것 같았다.

　10km 완주기념품을 받았다. 완주기념 패키지 안에는 얼음골 사과 한 알, 흰 우유 하나, 초코파이 한 개가 들어 있었다. 잔디밭에 앉았다. 생애 처음으로 참여한 마라톤 축제를 더 즐기고 싶었다. 10km 완주 메달과 얼음골 사과 한 개, 아침에 받았던 청양고추를 모아놓고 기념사진을 남긴다. 운동장에 흘러나오는 음악을 들으며 완주의 여운을 만끽했다.

아이들에게 마라톤 완주 사진을 공유했더니 딸 예원이는 "엄마! 정말 대단하다." 하며 축하 이모티콘을 보내왔다. 산악회 친구들 단체 방에 사진을 올렸다. 여고 친구 11명 대화방에 공유했다. 언니 오빠가 있는 가족 톡 방에 완주 사진을 보냈다. 중학교 친구 밴드에 사진을 올렸다. 모두 대단하다며 응원을 보내왔다. 친구 한 명이라도 달리기를 시작한다면 내 자랑은 충분히 가치 있다고 생각했다.

세상 모든 일이 그렇듯, 체력도 시간을 들여야 한다. 꾸준히 하다 보니 체력이 좋아졌다. 매일 하는 것의 힘은 무섭다. 마라톤 축제장에서 밀양시청에 근무하고 있는 친구를 만났다.

"산에 열심히 다니더니, 달리기는 또 언제 했냐?" 하며, 나의 완주를 축하해 주었다.

달리기를 한 이후 산에 더 잘 오르게 되었다. 나의 체력은 이전보다 좋아졌다. 등산과 달리기는 다른 것이 아니었다.

4.

임호산에 올라

집 가까이에 임호산과 경운산이 있다. 임호산에 오르면 남쪽으로 김해 들판을 훤히 내려다볼 수 있고 북쪽으로 김해 시내가 훤하다. 경운산 역시 김해 들판 일부와 시내를 조망할 수 있다.

오랜만에 임호산에 올랐다. 새해 첫날, 일출 산행 이후 처음이다. 2024년 1월 초 심한 감기로 2주 넘게 산에 가지 못했다. 이후 매주 토요일 영남알프스를 찾았다. 8봉 완등하고 나니 산에 대한 갈증이 다소 누그러졌다. 몸과 마음이 감기 이전 상태로 회복되었다.

임호산 가는 중턱에 흥부암이라는 작은 절이 있다. 흥부암 바로 아래 주차장이 있지만 가파른 길을 운전해서 올라가야 한다. 임호산에 수없이 올랐지만, 암자 주차장까지 차를 가지고 간 적은 없다. 산에 가기 위해 굳이 차를 몰고 가파른 언덕 위까지 올라갈 이유가 있을까. 언제나 그러하듯 흥부암 아래 빌라 골목에 주차하고 산에 오른다. 등산화만 바꿔 신으면 된다. 동네 산이라 배낭도 스틱도 없이 맨손으로 오른다. 많이 올랐기에 그만큼 익숙한 산이다.

암자 주차장 끝에 임호산에 오르는 등산로가 있다. 제법 가파른 길을 15분가량 오르면 임호산 정상이다. 정상에서 능선을 따라 작은 봉우리 몇 개를 오르내리다 보면 함박산에 도착한다. 다시 이어지는 길 아래쪽으로 내려가면 운동 기구가 있는 곳이다. 계속 길 따라 가면 이름 모를 작은 봉우리에 도착한다. 여기에서 왔던 길로 되돌아간다.

오늘 바람이 많이 차다. 기온이 영상 2도, 체감 온도는 1도다. 겨울 모자를 챙기지 못했다. 장갑을 꼭 끼고 모자도 눌러 섰다. 빠른 걸음으로 익숙한 산길을 걷는다. 체력이 좋아진 걸까. 힘들지 않게 임호산 정상에 올랐다. 남쪽으로 김해평야가 넓고 시원스럽다. 김해 들판 한쪽으로 마을과 비닐하우스 여러 동이 보인다. 저 멀리 서낙동강 반짝이는 물빛도 볼 수 있다. 남서쪽으로 방향을 돌리면 장유 신도시와 불모산까지 조망된다. 동쪽으로는 금정산 봉우리가 우뚝하고 백양산 줄기도 눈에 들어온다. 북쪽으로는 내외동 일대와 삼계동까지 한눈에 볼 수 있다. 그 뒤로 무척산이 솟아 있다. 고개를 오른쪽으로 조금 돌리면 신어산 줄기가 완만하게 뻗어 있다.

몇 해 전 이른 아침 임호산에 올랐다. '임호정'에서 땀을 식히고 있는데 어떤 남자가 등산복 아닌 평상복차림으로 산에 올라왔다. 가까이

와서는 대뜸 김해 사냐고 물어본다. 그렇다고 했더니, 좋은 곳에 사시네요 한다. 자기는 일 때문에 남해 고속도로를 하루에 한두 번은 매일 지나다닌다고 했다. 항상 정자가 있는 이곳이 어떤 곳인지 궁금했다면서, 그날 일부러 시간 내어 올라왔다고 말한다.

저쪽 능선으로 가보면 길이 편안하고 걷기에도 좋습니다, 했더니 다음에 기회가 된다면 그쪽으로 꼭 한번 가보겠다고 하며, 일이 바쁜지 서둘러 내려갔다.

일부러 시간 내어 임호산에 올라온 그 남자가 조금은 낭만 있는 사람이라는 생각이 들었다.

임호산에서 바라보면 김해평야를 한눈에 조망할 수 있다. 10년 가까이 이 산에 오르면서 하얀 눈 쌓인 김해평야를 보았던 날의 벅찬 기분을, 지금도 선명히 기억하고 있다. 이후 그런 풍경은 볼 수 없었다.

8년 가까이 된 것 같다. 여름휴가 때 이웃에 사는 친구 수의에게 일출 보러 가자고 연락했다. 같은 직장에, 같은 나이에, 사는 지역도 같으니, 내게는 남다른 친구다. 키도 덩치도 서로 비슷해 산을 제법 잘 탈 것이라는 생각을 했다.

새벽 시간에 만나 산으로 향했다. 몇 걸음 걷지 않아서 힘들다며 구시렁거린다. 솔직히 말하면 나보다 덩치는 조금 더 크고 몸무게도 좀 더 많이 나갈 것이고, 팔뚝도 내 두 배쯤 된다.

"왜 이렇게 되냐! 힘들어 죽겠다." 하며 특유의 넉살로 낑낑거린다.

모른 척하고 앞서서 올라갔다.

"야! 너는 왜 그렇게 잘 올라가냐! 같이 좀 가자!"

몇 발짝 앞서간 것뿐인데, 유난히 힘들어한다.

사실 그 길은 능선까지 거리도 짧아 초등학생도 쉽게 오를 수 있는 길이다.

잠시 후 또 넋두리를 늘어놓는다.

"아휴. 힘들어! 나는 등산하고는 안 맞는가 보다!"

자기관리를 잘하는 친구다. 열심히 헬스를 한다. 퇴근 후에 자기 아파트 헬스장에서 꾸준히 운동하고 있다.

"유산소 운동은 나하고 안 맞는가 보다. 나는 근력 운동이나 해야겠다!"

말하면 더 힘들다고 얘기했지만, 또 말한다.

"휴! 진짜 힘들다."

혼자 매정하게 앞서 가지도 않았다. 몇 발 앞서갔을 뿐이다.

이제 너랑 산에 못 오겠다고 했더니, 자기도 앞으로 산에 갈 일 없을 거라며 받아 친다. 그러면서 나에게 "등산의 신"이라 부르며 치켜세웠다. 임호산에 올라 억지로 일출을 보았던 날이다.

서로 농담하면서 티격태격했지만, 어느 날 내가 부르면 기꺼이 또 함께 할 친구다. 각자 좋아하는 운동을 하면 된다. 같은 취미를 가진 친구가 이웃에 있다면 참 좋을 것인데 하는, 작은 아쉬움이 남았던 날이었다.

생강나무꽃이 활짝 피었다. 자세히 보니 눈에 들어온다. 한 그루 옆에 또 한 그루가 있다. 샛노랗다. 메마른 겨울 숲을 밝히며 봄소식을 가장 먼저 전해준다. 가까이 다가가 보니 풀 내음 같은 은은한 향이 난다. 새 생명을 바라보니 저절로 미소가 올라온다. 차가운 겨울을 지나 이렇게 빨리 꽃을 피우다니. 대견하고 경이롭기까지 하다. 봄은 그냥 오지 않는다. 지구가 쉼 없이 태양 주위를 돌 듯 자연 또한 끝없이 움직이기에 가능한 일이다.

휴일 아침, 산에 올라 바람을 만나고 봄의 향기를 만난다. 문밖으로 나오니 다른 세상이 있다. 계절마다 시간마다 하늘과 구름, 바람이 다르다. 같은 산이지만 매번 다르다. 오늘도 동네 산에 올라 세상 이치를 배운다.

5.

울주의 여름밤, 알프스 시네마에서

영화가 끝나고 밖으로 나왔다. 시원한 바람이 우리를 반겼다. 도시의 바람과 다른 바람이다. 간월재, 간월산 능선이 어둠에 어렴풋이 눈에 들어온다. 주차장으로 향하다가 올려다본 밤하늘에 별이 총총 빛나고 있었다.

영화 한 편을 보기 위해 달려간 시간이 아깝지 않았다. 서로 말은 하지 않았지만, 여름밤 별빛은 충분히 감상에 젖게 했다. 밤은 깊어 갔지만 누구도 집으로 가자는 말을 하지 않았다. 집에 빨리 돌아가고 싶지 않았다. 다들 내 마음과 같았을 것이다. 영화 제목처럼 〈빛나는 순간〉이었다.

여름이 가까워져 좋은 것은 밝을 때 퇴근할 수 있는 것이다. 직장에 매여 있는 사람은 충분히 이해할 것이다. 해가 아직 지지 않은 시간,

집으로 바로 들어가기에 아쉬울 때가 많다. 그 시간에 공원을 걷거나 카페를 찾는다. 가끔 저녁노을을 보러 가기도 한다.

김해평야는 내게, 공원이고 카페 같은 곳이다. 확 트인 그곳을 자주 찾는다. 해가 질 녘 들판을 걷는 시간은 여유 있고 기분 좋은 일이다. 겨울에 빈 들판이었다가 봄 오면 모내기 준비로 분주하다. 여름엔 온 들판이 초록으로 변한다. 가을이 오면 어느새 황금색 들판이 되었다가, 다시 빈 들판으로 돌아간다. 답답할 때, 서러울 때 언제나 위로를 주는 고마운 장소다. 〈세상의 모든 음악〉은 내가 즐겨듣는 FM 라디오 프로그램이다. 저녁 어스름 들판을 걷는데 좋은 친구가 된다.

가끔은 즉흥적이다. 내가 원하고 좋아하는 일엔 자주 그렇다. 좋아하는 일 첫 번째는 산에 가는 것이다. 주로 영남알프스다. 언제나 내게 만족을 주는 장소이다. 산에 올라 땀 흠뻑 흘리고 산바람 맞고 돌아오면 한 주일 거뜬히 잘 보낸다. 영화 한 편에 감동받고 위로받는다. 대자연이 나오고 감동적인 이야기를 좋아한다. 사랑 이야기도 좋다. 오래된 영화지만 〈아웃 오브 아프리카〉, 〈가을의 전설〉, 〈시네마 천국〉 등을 좋아한다. 최근에는 클래식 라디오 프로그램을 즐겨듣는다. 말러나 라흐마니노프의 음악을 찾아 듣고 있다. 책을 좋아한다. 모두 내가 즐기는 취미다. 좋아하는 일에 젖어 있는 시간이 나를 행복하게 하고 나를 더 나은 사람이 되게 한다는 것을 믿는다.

2022년 12월. 영남알프스 완등 기념주화를 받기 위해 영남알프스인 증센터에 직접 방문했다. 설렜다. 간월산 황금 억새 배경의 은색 주화 다. 영남알프스, 좋아서 가게 되었고 가다 보니 더 깊이 사랑하게 된 곳, 언제나 쉼터가 되고 숨 터가 되었다.

영남알프스 복합웰컴센터에는 소소한 볼거리와 즐길 거리가 있다. '시네마 카페'가 있고, '암벽등반'과 '번개맨'을 체험할 수 있다. 산악영 화제가 해마다 열린다. 테마전시실은 또 다른 볼거리를 준다. 테마전 시실의 '영남알프스의 길'을 둘러보았다. 철쭉꽃 화사하게 핀 봄의 능 선, 초록 숲과 시원한 폭포가 쏟아지는 여름, 황금색 억새가 넘실거리 는 가을, 하얀 눈 쌓인 봉우리. 영남알프스 사계를 영상으로 만나니 또 다른 재미가 느껴진다. 알프스 뉴스에 내 얼굴 넣어 완등 사진 한 장을 인쇄했다. 재미있는 체험이다.

영화관에서 영화를 본 적이 언제이든가. 까마득하다. 오랜만에 영 화 한 편 보고 싶다는 생각이 들었다. 〈빛나는 순간〉. 영화가 눈에 들 어왔다. '알프스 시네마'가 생각났다. 상영시간이 오후 7시 20분. 적절 했다. 영화 장르에 따라 함께 보고 싶은 사람이 다르다. 좋은 영화는 좋아하는 사람들과 좋아하는 영화관에서 보고 싶다. 여름밤 편안하게 즐길 수 있는 영화 한 편, 조금은 외진 산속 영화관, 상영시간까지. 내 가 원했던 많은 것이 딱 들어맞았다. 양산에 있는 친구 생각이 났다.

연락하니 좋다고 한다. 울주에서 근무하고 있는 직장 동료가 떠올랐다. 가능하다고 한다. 영화표 세 장을 예매했다.

6시. 퇴근과 동시에 출발했다. 제법 먼 길을 달려가야 한다. 가락대로와 서 낙동로를 지나 중앙고속도로에 진입했다. 목적지는 70km 떨어진 곳이다. 지금 나는 영화 한 편을 보기 위해 달려가고 있다. 설렘과 두근거림을 안고. 양산 낙동강 다리를 지나고 다시 경부고속도로에 들었다. 목적지가 서서히 가까워지고 있었다.

6시 55분. 목적지에 도착했다. 친구는 벌써 도착해 있었고 직장 동료도 막 도착한다. 주차장 한쪽에 산악영화제 무대로 사용하는 넓은 나무 데크가 있다. 잠시 앉았다. 울주에 있는 동료가 큰 에코백에서 뭔가를 꺼낸다. 보온병과 하얀 찻잔이다. 직접 만든 빵도 있다. 손수건을 펼쳐 즉석 테이블을 만들었다. 보이차와 빵까지 준비한 동료의 정성이 고맙고 따뜻했다. 짧았지만 기분 좋았던 자리를 정리하고 영화관으로 들어갔다. 늦지 않았다. 우리는 각자 앉고 싶은 자리에 여유롭게 앉았다. 지정 번호가 의미 없었다. 몇 줄 앞에 앉아 있는 관람객 두 명이 전부였다.

〈빛나는 순간〉 제목에 끌렸다. 주인공 '진옥'은 해녀다. 바다에서 숨 오래 참기로 기네스북에 오른 그녀를 취재하기 위해, PD인 경훈이 서울에서 제주에 내려온다. 처음엔 냉담했던 진옥이 경훈에게 자기와 비슷한 아픔이 있다는 걸 알게 된 후 서서히 마음을 연다. 경훈을 통해 자신의 낯선 감정을 마주하며 서성이는 진옥. 경훈을 만나면서 비로소 새로운 감정이 무엇인지 느낀다. 그 순간이 자신에게 가장 빛나는 순간이었음을 알게 된다. 아름다운 영화 한 편의 여운이 짙어 그곳을 쉽게 떠날 수 없었다. 별이 빛나던 밤하늘도, 여름밤의 시원한 바람도, 함께한 여인들도 그날을 기억하기에 충분했다.

알프스 시네마. 좀 특별한 영화가 상영되었으면 좋겠다는 바람을 갖고 있다. 매달 주제를 정하여 그에 따른 영화 상영도 괜찮을 것 같다. 일반 영화관과 다를 바 없는 영화 위주로 상영되어 아쉬운 마음이 있다. 가격이 조금 저렴하다는 것 외에 다른 특별함이 없다.

울주를 사랑한다. 영남알프스를 좋아하고 알프스 시네마에 대한 각별한 애정이 있다. 산악영화제로 그 쓸모를 하고 있지만, 그 외 특화할 필요가 있다는 생각이 든다. 당연히 많은 난관이 있을 것이다. 영화를 사랑하는 사람의 헛된 낭만으로 치부한다고 해도 어쩔 수 없다.

알프스 시네마 대형 스크린을 가득 채울, 대자연의 영화 한 편 개봉할 날을 고대한다. 한 시간을 마다하지 않고 기꺼이 달려갈 것이다. 알프스 시네마에서 내 삶의 또 다른 빛나는 순간을 만나고 싶다. 알프스 시네마가 영화를 좋아하는 이들에게 '특별한 곳'이 되었으면 좋겠다.

6.

산행과 글쓰기

2024년 4월. 천성산 공룡능선에 다시 올랐다. 네 명이 함께 했다. 9시간 산에서 바위를 타고 험한 길을 걸었다. 산행을 다녀온 후 다른 날보다 한 시간 더 많이 잤다. 다음날 눈 떠니 생각보다 힘들지 않고 멀쩡하다. 그동안 체력이 좋아진 걸까. 스트레칭 10분 정도 하고 나니 뭉쳐있던 근육이 조금 풀리는 느낌이다. 달걀 두 개, 사과와 딸기, 방울토마토를 씻어 플라스틱 통에 담아 출근 준비를 한다. 사무실에 도착하니 7시 50분이다. 간단히 아침을 먹었다.

의자에 앉았다. 김애리의 책 『글쓰기가 필요하지 않은 인생은 없다』를 펼쳤다. 20대부터 책 읽기, 글쓰기 하면서 치열하게 살았던 작가의 일상 기록이다. 누구보다 열심히 책을 읽고 글을 쓴 저자의 경험이 고스란히 녹아있다. 글쓰기를 망설이고 주저하는 사람에게 저자의 경험을 들려준다.

글쓰기 공부를 하고 있다. 2년 넘었다. 일주일 세 시간 수업을 빠뜨리지 않고 듣는다. 아직 준비되지 않아서, 실력이 부족해서, 공부 좀 더 한 후에 등 갖은 핑계로 글쓰기를 계속 미루어왔었다. 완벽한 준비는 없었다. 2024년 2월부터 초고를 쓰기 시작했다.

50일 동안 매일 글을 썼다. 분량 채운다는 마음으로 숙제처럼 해치웠다. 막막했던 글쓰기가 그냥 하다 보니 분량이 채워졌다. 초고는 언제나 분량 채우는 것이라는 글쓰기 선생님의 목소리가 귀에 들려왔다. 글이 산으로 갈 때가 많았다. 내가 쓰면서도 횡설수설하고 있다는 것을 인지하기도 했다. 그럼에도 그냥 썼다. 잘 쓰려고 하지 않았다. 잘 쓸 수가 없었다. 초보니까. 오로지 분량이 목표였다.

뭔가 시작해야 결과가 있고 당연히 끝맺음도 따라온다. 잘하려고 하는 것이 항상 문제였다. 이제는 안다. 시작해야 한다는 것을. 선명한 목표 세우는 일이 더 중요하다는 것을.

잘하려고 하면 시작이 어렵다. 힘들고 빨리 지친다. 그냥 시작하면 된다는 것을 글쓰기를 시작한 후 알게 되었다. 김애리 작가의 책을 보면서 최근 글쓰기를 중단한 나를 돌아본다. 퇴고 때문에 지금 당장 초고 쓰는 일을 미루고 있다. 핑계였다. 초고는 그냥 쓰는 것이고 퇴고는 고쳐 쓰는 것이다. 다르다. 매일 내가 하는 글쓰기는 창작물을 만들어 내는 일이다. 시간이 없으면 시간 되는 만큼 하면 되는 것을. 완성하지 않은 글은 그다음 날 완성해도 되지 않은가. 기존의 고정된 내 생각이 항상 문제였다.

  뭔가를 꾸준히 한다는 것은 얼마나 어려운 일인가. 김애리 작가는 1,000시간, 3년 동안 매일 글을 썼다고 한다. 당연히 실력과 내공이 쌓일 수밖에 없다. 같은 일을 매일 한 시간씩, 3년을 지속한다면 그 분야에 전문가가 될 수밖에 없다. 한 시간 글쓰기가 힘들다면, 15분이라도 매일 하는 것을 강조하고 있다. 마음먹으면 15분은 매일 쓸 수 있지 않을까. 언제나 시작이 어렵다.

  산행과 글쓰기와 달리기는 다른 것이 아니었다. 그동안 달리기를 하면서 느낀 것은 글쓰기와 다르지 않다는 것이다. 처음엔 엄두가 나지 않은 일을 조금씩 그 시간을 늘려가다 보니 처음보다 잘해졌다. 1km도 뛰지 못하는 내가 5km를 달리게 되었고 후엔 10km를 완주하지 않았는가. 글쓰기도 마찬가지다. 글을 쓰기로 마음먹고 50일을 연속으로 쓰다 보니 시작의 두려움이 작아졌다.

  무엇을 시작하기도 전에 스스로 못한다며 한계를 그어 버린 경우가 얼마나 많았는가. 끝까지 완주하지 못하고 중단하게 되더라도 그곳까지는 성과로 남는다. 멈추었다면 멈춘 그곳에서 다시 시작하면 되지 않을까.

  2023년 1월부터 매일 일기를 쓰고 있다. A5 노트 한 페이지를 채운다. 20분 걸린다. 1년 넘었다. 그냥 한다. 때로는 쓰기 싫은 날도 있지만 그냥 하다 보니 한 페이지가 채워진다. 지나간 일기를 읽어보면 괜찮은 글도 가끔 있다. 투자한 시간만큼 내 글쓰기 실력이 조금씩 나아질 것이라 믿는다.

산행도 마찬가지 아니던가. 근교 산에 오르는 것도 힘들었던 내가 최근에는 1,000m 넘는 산을 문제없이 오른다. 이제 내가 원하는 산은 더 높아졌다. 언제나 중요한 것은 꾸준히 하는 것이었다.

산에서 바위를 타고 봉우리를 몇 개 넘었더니 배가 고프다. 몸이 계속 신호를 보낸다. 햇살 드는 바위에 자리를 잡았다. 상구가 생미역과 머위를 꺼낸다. 미역은 기장 바다에서 직접 채취한 것이라고 한다. 플라스틱 통에 잘 다듬어진 미역이 한가득 담겨 있다. 군침이 절로 돈다. 도시락을 꺼내 허겁지겁 급하게 먹었다. 점심을 먹은 후, 짚북재로 내려와 중앙 능선으로 가기 위해 다시 가파른 길을 올랐다. 계속 물이 켰다. 중앙 능선 갈림길에 이르는 동안 물이 한 모금도 남지 않았다. 함께한 도영이 금순이 물통도 다 비었다. 상구 배낭에 물이 남아 있다고 했지만 쉽게 내놓지 않았다. 상구 표정으로 물이 얼마만큼 남았는지 짐작되지 않는다. 수시로 진달래를 따 먹으며 마른입을 달랬다. 그럼에도 갈증이 계속 올라왔다.

길은 끝없이 이어졌다. 아직 얼마나 더 내려가야 할까. 모두 지칠 대로 지쳤다. 중앙 능선 절반쯤 내려갔을까. 드디어 상구가 물통을 꺼냈다. 500밀리리터 생수통 삼분의 일 정도 물이 있다. 혼자 다 마셔도 갈증이 해소되지 않을 양이다. 생수통 뚜껑에 한 모금씩 배급을 준다. 한 명씩 차례대로 배급받았다. 다시 한 뚜껑 더 받았다. 우리를 약 올린 상구가 미웠다. 웃어야 할지 울어야 할지 난감했다.

이정표를 확인하니 중앙 능선 갈림길에서 주차장까지 4.5km다. 까마득했다. 걸어도 걸어도 끝이 나오지 않았다. 작은 봉우리 몇 곳을 오르내리면서 이어지는 길을 걷고 또 걸었다. 드디어 내원사 계곡 쪽으로 내려가는 계단이 나왔다. 내리꽂히는 내리막이다. 조심스럽게 발을 내려디뎠다. 길가에 내려서자마자 도로 건너편에 있는 계곡으로 돌진했다. 물통을 꺼내어 계곡물을 받아 벌컥벌컥 마셨다. 500밀리리터 한 통을 다 비웠다. 다시 살아났다.

공룡능선 오른다고 애썼나 보다. 날씨도 너무 따뜻했다. 점심 먹을 때 미역과 머위를 초고추장과 된장에 많이 찍어 먹었다. 목이 타서 하산길이 어느 때보다 지루하고 힘들었다. 이삼일 전에 내린 비로 계곡물은 깨끗했다. 몇 시간의 갈증도 견디기 힘든데 물 없이 어떻게 살수 있을까. 물이 얼마나 소중한 것인지 온몸으로 체감한 날이었다.

살아가면서 항상 변수가 생기는 것이 우리 인생이다. 오늘 산에서 물 없어 고생할 것이라는 예상을 누구도 하지 못했다. 물이 없어 우리는 얼마나 지치고 힘들었든가. 봄의 새잎과 예쁜 꽃도 눈에 들어오지 않았다. 좋은 것을 보아도 좋아 보이지 않았다. 물의 소중함을 온몸으로 겪었다.

파도 없는 바다가 없듯 우리 인생도 끝없는 사건의 연속이다. 좋은 일. 궂은일. 기쁜 일. 슬픈 일. 중요한 것은 미리 준비하는 것이다. 준비는 모든 일의 절반을 성공으로 이끈다.

산행으로 내 체력이 길러졌듯, 글쓰기 공부가 내 마음의 단단한 근력이 되기를 소망한다. 삶의 불확실성에 대처하는 마음 근육이 단단하고 강해졌으면 좋겠다. 또 다른 인생의 변수에 대처하는 밑거름이 되기를 소원한다. 힘닿는 날까지, 나는 계속 산에 오를 것이고 매일 글을 쓸 것이다.

7.

행복은 지금 여기에

길이 보이지 않았다.

시골에서 농사지어 5남매 먹이고 키우는 것도 버거웠을 부모님. 대학에 가고 싶어 하는 막내딸에게 쉽게 대답하지 않았다. 답답한 마음에 바람이라도 쐬러 가고 싶었다. 양산 친구에게 연락이 닿았다.

그녀는 초등학교 때 내가 다니는 시골 학교로 전학 왔다. 엄마와 둘이 살았다. 우리 집 가는 길목의 교회 근처에 친구 집이 있었다. 어떤 계기로 친해졌는지는 기억나지 않는다. 방학 때 편지를 자주 주고받았다. 편지를 쓰고 답장 기다리는 그 시간이 방학의 즐거움이었다. 당시 무슨 할 얘기가 그렇게 많았을까. 편지지는 보통 두세 장이 넘었다. 중학교 3학년 때 같은 2반을 하면서 더 친하게 되었다.

사춘기였고 다들 반항심이 있던 때였다. 그 친구 얼굴이 밝지 않았다. 엄마와 둘이 살았던 가정 환경이 그 친구를 그렇게 만들었는지는 모르겠다. 방송반 활동을 하면서 친구는 존재감을 드러냈다. 당시 우리들 사이에서는 '비밀수첩'을 쓰는 것이 유행이었다. 각자 자신의 수첩을 애지중지하며 예쁘게 꾸몄다. 자신이 좋아하는 친구 이름, 좋아하는 색깔, 좋아하는 영화, 좋아하는 남학생 이름 등 시시콜콜한 것을 다 적어놓았다. 비밀수첩을 바꿔볼 정도로 그녀와 나는 가까웠다.

중학교 졸업을 하고 나는 시내 여고에 들어갔고 그녀는 양산에 있는 실업계고등학교에 진학했다. 내가 중학교 3학년이었던 1982년, 우리나라 농촌 살림은 어려웠다. 모든 집에 아이들 네다섯은 기본이었다. 먹고사는 일이 힘들 정도로 가난했다. 당연히 아이들 교육에 관심 있는 부모는 극히 일부였다.

우리 집도 예외가 아니었다. 아버지 당신은 집안 외동으로 고등교육까지 받으셨지만, 정작 딸 교육에는 관심 없었다. 언니들은 일찍 학업을 끝내고 부산으로 돈을 벌러 떠났다. 나와 두 살, 네 살 터울의 오빠들은 인문계 고등학교 공부를 시켜야 한다는 것이 당연한 집안 분위기였다. 네 살 많은 큰오빠는 공부를 꽤 잘했지만, 당시 마산 연합고사 시험에 떨어져 부산에서 재수까지 했다.

아들과 딸 차별은 당연시되었다. 아버지와 오빠들은 항상 상위에 가지런히 차려진 밥상을 받았고 엄마와 나는 밥상 아래 바닥에 두고 밥을 먹는 경우가 많았다. 맛있는 반찬을 아버지 앞으로 당겨주었던 할

머니에 대한 반발이 컸다. 아버지 앞에 놓여 있는 맛있는 반찬을 집어 먹으면 할머니가 눈을 크게 뜨고 나를 째려보곤 했다. 나는 애써 모른 척했다. 그렇게 할 수 있는 것도 '나'뿐이었다. 언니들은 감히 아버지 앞에 있는 갈치구이, 계란찜을 가져다 먹지 못했다.

고등학교 진학을 선택해야만 했다. 부모님은 실업계고등학교 나와서 빨리 돈 벌러 가길 바랐다. 기술을 익혀 빨리 사회에 나가길 원했다. 인문계 여고 진학을 원하지 않았다. 기술을 익히는 것과 인문계 고등학교 진학하는 것의 격차는 컸다. 완전히 다른 길이었다. 나는 실업계 학교에 가고 싶지 않았다. 당시 내가 사는 지역에 상업계와 인문계. 두 개 여자고등학교가 있었다. 가난 때문에 상업학교로 진학하는 친구들도 많았지만, 당시 공부를 조금 잘한다는 학생들은 대부분 여고로 진학하였다. 여고 다닌다고 하면 사람들 시선이 달랐다. 공부 잘하는 학생으로 통했다. 여고 다니는 것에 대한 자긍심도 따랐다. 아무튼 나는 인문계 여자고등학교에 가게 되었고, 이제 대학 갈림길에 와 있다.

물금역에 내렸다. 중학교 졸업 후 3년 만이다. 친구 머리카락이 노란색으로 바뀌어 있다. 낯설었다. 자취방에 들어서니 책꽂이 책이 눈에 들어왔다. 오쇼 라즈니쉬의 『삶의 길 흰구름의 길』이 눈에 띄었다. 벌써 저런 책을 읽는구나. 친구는 한참 어른처럼 보였다. 저녁을 사주겠다고 레스토랑에 나를 데리고 갔다. 조명은 어두웠고 나는 머뭇머뭇하며 그곳으로 따라 들어갔다. 무엇을 주문해야 할지 몰라 망설이고 있는데 친구가 돈가스를 주문했다. 나도 같은 것으로 시켰다. 태어나서 레스토랑은 처음이었다.

맨 처음 크림수프가 나왔다. 친구는 자연스럽게 먹었던 것 같다. 그녀는 이미 사회인이 되어 있었고 나는 우물 안 개구리였다. 나도 모르게 수프 접시를 마주 앉은 친구 쪽으로 기울여 먹고 있었다. 친구 앞에서 실수하면 안 되는 학생처럼 행동하고 있었다. 학교에서 책으로 세상을 배웠고, 학교 안이 내가 아는 세상 전부였다. 고등학교 3년이라는 세월이 친구와 나를 다른 사람으로 만든 것 같았다. 왜 그렇게 긴장했을까. 친구가 왜 그렇게 어렵게 느껴졌을까. 낯설게 느껴진 친구 앞에서 나는 어떻게 해야 할지 몰랐다. 친구도 나도 거의 말을 하지 않았다. 저녁을 먹고 친구 자취방으로 돌아왔다. 우리 사이에 넓은 강이 흐르고 있는 것 같았다. 3년이라는 시간은 길었다. 내 고민을 입밖에 낼 수 없었다.

다음 날 밀양 자취방으로 돌아왔다. 할 일 없이 학교에 올라갔다. 운동장을 지나다가 고2 때 같은 반이었던 혜경이를 만났다. 동아대학교에 원서를 낸다고 했다. 나는 어디로 원서를 써야 할지 모르겠다는 고민을 털어놓았다.

"요즘 간호대학이 취업 잘 되고 인기 있다더라. 우리 사촌 언니도 간호대학 다니고 있어.”

친구의 그 말이 내 귀에 들어와 꽂혔다. 잠시의 고민도 없었다. 그 순간 내가 간호대학에 갈 것이라고 확신했다. 혜경이의 말 한마디가 내 인생을 선택하게 했다. 인생에서 중요한 순간은 이렇게 예고 없이 찾아왔다. 멀리 있지 않았다. 바로 곁에 있었다. 여고 2학년 때 나는 혜경이의 독일어 선생이었다. 당시 제2 외국어 과목이었던 독일어가 유독 재미있었다. 독일에 직접 다녀와 맥주 가게 사진이며 도시 풍경을 사진으로 보여 주었던 독일어 선생님 영향이 컸는지도 모르겠다. 재미있으니 복잡한 독일어 어미변화도 자연히 잘 알게 되었다. 혜경이는 헷갈린다면서 수시로 내게 와서 물었다. 내가 설명해 주면 이해가 잘된다고 했다. 우리는 독일어 때문에 친한 친구가 되었다. 독일어는 대학입시 과목이 아니어서 2학년 공부로 끝나버렸다.

혜경이의 말 한마디에 내 길을 선택했다. 중요한 것은 멀리 있지 않았다. 그 길이 아니었다면 나는 지금 어디에 있을까. 무슨 일을 하고 있을까. 요즘 대학 동창들을 만나면, “우리 그때, 간호학 공부 참 잘했다, 최고의 선택이었다.”라며 뿌듯해한다. 공부하면서 힘들고 고통스러웠던 시간은 이제 희미한 기억으로 남아 있을 뿐이다.

우리나라는 2017년 이미 고령사회로 들어섰다. 통계청 자료에 의하면 2025년에 인구 5명 중 한 명은 65세 이상인 초고령사회가 될 것으로 내다봤다. 최근 건강 의료 복지 관련 직업이 대세다. 간호대학은 비인기 학과에서 인기 학과가 된 지 오래다. 친구들은 가끔 내게 얘기한다. 너는 퇴직해도 걱정 없겠다고. 친구들 말처럼 '간호사면허증' 하나 가지고 있으니 먹고 사는 일이 더 이상 두렵지 않다.

보건진료소에서 30년 넘게 일하면서 많은 사람을 만났다. 그들에게서 인생을 배우고 따뜻함을 배웠다. 일이 있었기에 아이 둘을 키울 수 있었다. 내가 꿋꿋하게 살 수 있었던 큰 이유일 것이다.

이하영 원장의 『나는 나의 스무 살을 가장 존중한다』를 읽다가 '지금 여기가 이미 미래다.'라는 문장을 발견했다. 우리는 누구나 내일을 꿈꾸며 살아간다. 더 행복한 날을 위하여, 더 나은 날을 위하여. 우리가 바라는 날이 어쩌면 영원한 '내일'이 될 수도 있다. 우리 인생은 언젠가 끝이 온다. 그래서 더 소중하고 귀하다. 행복한 삶을 위해 지금 여기에서 행복해야 한다는 사실을 기억했으면 좋겠다.

중요한 것은 크고 대단한 것이 아니었다. 멀리 있는 것이 아니었다. 지금 내 옆에 있는 사람에게 귀 기울이는 것이었다. 오늘 하루를 충실히 사는 것이었다. 사람들에게 친절하게 대하는 것이었다. 공감하는 것이었다. 매일 아침 떠오르는 태양과 맑은 공기에 감사하는 것이었다.

크고 대단한 것은 '작은 것'이었다.

8.

내가 원하는 곳으로

차 트렁크에서 등산화를 꺼냈다. 신고 있는 운동화를 벗고 새 등산화에 발을 넣었다. 발을 포근히 감싸준다. 양쪽 신을 갈아 신고 끈을 단단히 묶었다. 첫발을 뗐다. 몇 걸음 옮겨보니 생각보다 무겁지 않다. 일반 등산화보다 발목이 긴 중등산화이기에 무거울 것이라는 선입견이 있었다. 신어 보니 편안하다. 동네 산으로 향한다.

2024년 생일에 중등산화를 나에게 선물했다. 맑고 화창한 날에 새 신을 신고 싶었다. 계속 눈이 오고 비가 와서 한쪽에 두고 있다가 오늘 드디어 새 신을 신었다. 오르막을 오르면서 두 눈은 계속 신발 쪽으로 향한다. 오솔길이 시작되는 길에서 두 발을 다시 내려다본다. 나도 모르게 미소 짓는다.

지난 1월과 2월. 주말마다 영남알프스를 찾았다. 생각지도 않았던 하얀 눈을 만났다. 충분히 보고 걷고 만지고 뒹굴고 왔는데 그다음 주에 가니 또 좋았다. 하얀 눈길을 걷고 또 걸었다. 행복했다. 행복이 넘쳤다. 넘치도록 눈 세상을 누리고 나니, 더 이상 하얀 눈에 대한 욕심이 나지 않았다.

강원도에 폭설이 내렸다는 보도가 들려왔다. 다른 때 같았으면 눈 구경 가고 싶어 안달했을 것이다. 무심히 TV 화면에 시선을 보냈다. 보고 싶은 눈을 실컷 보고 나니 마음에 여유가 생겼다.

내가 사는 영남지방은 겨울에 눈이 거의 내리지 않는다. 눈 구경하기 힘든 곳이다. 눈이 내리더라도 포근한 기온에 금방 녹아버린다. 해마다 겨울 되면 강원도에 눈 보러 가고 싶어 조바심을 내곤 했었다. 그러다 일상에 쫓겨 겨울을 그냥 지나친 경우가 얼마나 많았든가.

2024년. 영남알프스에 유례없이 많은 눈이 내렸다. 도시에 비가 내릴 때 1,000m 이상 높은 산에 눈이 내린 것이다. 내 생애 가장 많은 눈을 보았다. 차고 넘칠 만큼 눈 구경을 했기에 강원도에 내린 엄청난 눈 소식에도 덤덤할 수 있었다.

흥부암 아래 빌라 골목에 주차했다. 시멘트 길을 5분쯤 걸어 올라가면 흥부암 주차장이다. 주차장 뒤쪽으로 등산로가 연결된다. 오르막길에 접어들었다. 걸음이 잘 걸어진다. 걸음이 더 크게 떼진다. 어느새 흥부암 뒤 바위 전망대에 올랐다. 신세계백화점과 시외버스터미널이 훤히 내려다보인다. 저만치 바라보이는 김해 들판에 아침 햇살이 가득하다. 낙동강 하구 근처 승학산 허리에 물안개가 피어 산등성이를 긴 섬으로 만들어 놓았다. 조금 일찍 산에 왔더라면 더 멋진 풍경을 볼 수 있었을 텐데 하는 생각을 해보지만, 이미 시간은 지나갔다. 지금도 충분히 멋진 수묵화를 보여 준다. 한 폭의 그림이다.

돌길을 걸으며 신발을 내려다본다. 신발을 사진에 담는다. 왼쪽 발을 내밀고 한 장, 오른쪽 발을 내밀고 또 한 장, 두 발을 담은 사진 한 장. 오늘은 특별한 날이다. 지금 나는 새 신을 신었다. 힘이 절로 난다. 누군가 함께 등산했더라면 조금 괴로웠을지 모르겠다. 등산화 자랑에 귀가 따가웠을 것이다. 다시 한번 신발에 눈길을 주며 웃는다. 바위 위에 한 발을 올려 보았다. 낙엽 위에 또 한 발을 올려 본다.

임호산 정상에 도착했다. 제일 높은 바위에 올라섰다. 행복한 표정으로 또 웃고 있다.

정상에서 몇 계단을 내려간 뒤 나무 계단을 딛고 다시 오른다. 오른쪽 '유민공주 전망대'에 서면 내가 사는 동네 내외동이 훤하게 내려다보인다. 저 멀리 무척산이 우뚝 솟아 있다. 고개를 왼쪽으로 조금 돌리면 경운산이 자리하고 있다. 오른쪽 저 너머에 신어산이 눈에 들어온다. 산에서 내려다보이는 우리 동네가 평화롭고 좋다. 다른 날보다 더 아름답게 느껴진다.

다시 능선을 걸어서 김해평야 전망대에 섰다. 김해평야가 한눈에 들어온다. 조만강으로 흘러 들어가는 작은 물줄기가 선명하다. 들판 중간에 칠산(참외 주산지. 마을 이름이면서 산 이름이다)마을이 섬처럼 솟아 있다. 들녘 비닐하우스 안에는 참외가 노랗게 영글어 가고 있을 것이다.

들판의 흙에서 봄이 보인다. 한겨울 땅과 그 빛깔이 다르다. 이미 봄이 시작되었다. 숲속 생강나무꽃이 앞 주보다 색깔이 옅어졌다. 샛노랗던 꽃잎이 벌써 떠나갈 준비를 한다. 다음 주엔 꽃잎 떨구고 잎이 돋아나올 것이다. 세상에 머물러 있는 것은 아무것도 없다. 먼저 피어난 꽃은 먼저 진다. 겨우내 숨죽여 있던 나무는 또다시 새로운 싹을 틔울 것이다. 세상은 그렇게 돌고 돈다.

다시 발걸음을 옮긴다. 저만치 앞에 걷고 있는 남자를 앞질러 나갔다. 오르막을 지나 편평한 길이 나오면 나는 더 빠른 걸음으로 걷는다. 가끔 산에서 앞지르기하는 재미가 있다. 빠른 발걸음으로 나를 뒤쫓아 오는 경우도 가끔 있다. 그러면 더 빨리 더 큰 걸음으로 앞으로 나아간다. 뒤따라오는 발소리가 더 이상 들리지 않는다. 오늘은 아무도 나를 따라오지 못할 것이다. 누구보다 빨리 갈 수 있는 날이다. 나는 오늘 히말라야에도 오를 수 있는 '새 신'을 신었다.

작은 봉우리 세 개를 지나 함박산에 도착했다. 체력 단련장으로 내려와 외동 한신아파트 방향에 있는 작은 봉우리까지 갔다가 되돌아왔다. 임호정 아래 공터에서 내외동 쪽으로 내려가면 임호산 둘레길을 만난다. 앞으로 직진하면 아침에 올랐던 길이다. 오른쪽 흥동 방향으로 내려가 흥부암 주차장으로 되돌아오는 길도 있다. 때로는 높은 산에 오르고 싶어 멀리 있는 산을 찾아 가지만, 동네 산은 마음먹으면 언제든지 오를 수 있다. 편안하고 고마운 장소다. 혼자 올라도 무섭지 않다. 항상 거기 있다.

내리막길을 걷고 있는데, 오른쪽 풀숲 사이로 진달래 꽃봉오리가 보인다. 올라갈 때 자세히 보지 못했는데. 금방이라도 꽃망울이 터져 나올 것만 같다. 얼마 전까지 찬바람에 옷깃을 여몄는데, 또 이렇게 봄이 오나 보다. 자연은 도무지 쉬지를 않는다. 차가운 겨울이 있었기에 찬란한 봄이 오고 있다.

두 시간 걸렸다. 새 신이라 불편하지 않을까 생각했는데 편하게 잘 다녀왔다. 예행은 끝났다. 이제 내가 원하는 곳으로 가는 일만 남았다.

모든 답은 내 안에 있다

2024년 5월. 다시 지리산을 찾았다. 이전에는 친구들과 함께했고 이번에는 혼자다. 7년 만이다. 대피소를 예약하고 산행코스를 잡았다. 함께 할 친구를 찾았지만 결국 구하지 못해 혼자 가기로 마음먹었다. 지리산에 가고 싶은 마음 간절해서 하루 휴가까지 받았다.

함양군 마천면 백무동에서 한신계곡 코스는 처음이라, 평일이고 사람이 너무 없을까 싶어 고민되었다. 반달곰이 나타나면 어쩌나 하는 두려움 또한 있었다. 최근 등산로에 반달곰이 출현했다는 기사를 접한 적이 있다. 산행코스에 대해 미리 공부하였고, 반달곰이 나타났을 때 대처법 등을 숙지하였다. 그럼에도 산행 날이 다가올수록 마음속에 수만 가지 핑계와 생각들이 올라왔다.

그날이 되었다. 오전 7시. 집을 나섰다. 백무동 주차장까지 두 시간 삼십 분 거리다. 고속도로에 들어서니 비로소 실감이 난다. 설렘과 떨

림까지 동반되었다. 모든 것을 계획하고 선택한 것은 나였다. 갈까, 가지 말까에 대해 고민하고 망설이고 있는 것 역시 나였다. 우리 인간은 하지 않아도 될 걱정을 얼마나 많이 하고 사는가. 쓸데없는 걱정을 했음을 비로소 깨닫는다. 머릿속에 남아 있던 고민은 사라지고 잘 다녀오자는 편안한 마음이 올라왔다. 홀가분해졌고 두려움도 사라졌다.

"안녕하세요? 30분 넘게 기다리고 있었습니다."

산길 입구에서 누군가 반갑게 인사를 건넨다.

60대 후반의 여자다. 서울에서 아침 일찍 출발하여 백무동에 도착했다고 한다. 지리산 산행이 처음이라는 그녀. 혼자 산에 올라갈 엄두가 나지 않았다며, 누구든 오면 함께 가려고 기다렸다고 한다. 주차장에 도착할 때부터 나를 지켜보고 있었다며 내심 너무 반가웠다고. 산을 잘 타는 사람 같아 보여 안심했다는 말까지 건넨다.

서울에서 여기 함양 백무동까지, 그것도 혼자, 지리산 산행은 또 처음이라고 하니. 나보다 더 용기 있고 대단한 사람이라는 생각이 들었다. 나 역시 누군가 만나기를 간절히 원하고 있었다. 서로의 바람이 연결되었던 걸까. 세석대피소까지 동행하기로 했다.

우리는 예전부터 알고 있었던 사람처럼 이야기가 통했다. 그녀는 자신의 이야기를 꺼냈다. 두 살 많은 형부가 지리산 설악산 산행 블로그를 운영해 온 전문 산악인이었다고 한다. 형부 블로그를 통해 그녀는 설악산에 수없이 올라 보았고, 지리산 또한 구석구석 잘 알고 있었다. 실제로 지리산 산행은 처음이지만, 이론적으로는 나보다 고수였다. 지리산 산행을 하기 위해 언니와 열심히 걷기 연습을 했다고 한다. 그녀는 지팡이도 없었고 산악인들이 메는 번듯한 배낭도 메지 않았다. 그런데 잘 걸었다.

한참 길을 걷다가 빌 브라이슨의 『나를 부르는 숲』을 읽어보았는지 물어본다. 읽어보지 못했다고 하니, 본인은 그 책을 네 번 읽었다고 하며 읽어보라고 적극 추천한다. 책 읽을 때마다 구글 지도를 펴놓고 길을 직접 따라가며 읽어보니 더 실감 나고 재미있었다며 말한다.

『도쿠가와 이에야스』 32권을 세 번이나 완독했다는 말을 듣고 나는 입을 쩍 벌리지 않을 수 없었다. 일본 역사를 꿰뚫고 있었다. 내가 그 책을 읽었더라면 우리는 끝없이 이야기를 나누었을지도 모르겠다. 그녀 얘기를 그냥 듣고 있을 수밖에 없었다. 오래전 지인 집에 갔을 때 책꽂이에 꽂혀 있던 『대망』이 그 책인 것을 비로소 알게 되었다.

우리는 서로에게 '지리산 엔젤'이 되어 길을 걸었다. 계곡물 옆에 앉아서 도시락을 나눠 먹고 간식을 먹으며 쉬었다.

한신계곡에서 세석대피소에 오르는 마지막 오름길은 하늘에 닿을 정도로 가파른 구간이다. 서로에게 정말 천사가 되었던 걸까. 힘들었지만, 죽을 정도로 힘들지는 않았다. 자주 쉬었고 서로 응원하며 걷다 보니, 세석대피소에 무사히 안전하게 도착했다. 서로에게 감사했다.

그녀는 내게 피해주지 않으려고 힘껏 걸었다고 고백했다. 나 역시 있는 힘을 다해 걸었다. 낯선 사람과의 동행이 스스로 힘을 내도록 만들어 주었다.

지리산에서 생각지도 않은 사람을 만났다. 떠나지 않았다면 경험하지 못할 일이었다.

이 책을 통해서 독자에게 전하고 싶은 이야기는 세 가지이다.

첫째, 좋아하는 일이 있으면 망설이지 말고 그냥 해보기를 권한다. 무엇이든 상관없지만 등산을 적극 권하고 싶다. 요리 연구가 백종원은 말했다. "좋아하는 음식점을 하다가 망했지만, 결국 좋아하는 걸 통해서 다시 일어났다. 잘할 수 있는 일 보다는 네가 좋아하는 일을 하라."

두 번째, 좋아하고 잘하는 것 한 가지는 장착하고 있어야 한다는 것이다. 좋아하는 일을 꾸준히 하다 보면 결국 그 일을 잘하게 되는 이치다. 좋아하는 일이 내 인생을 어떻게 바꿀지는 아무도 모른다.

세 번째, 혼자 여행이다. 혼자 여행은 자기를 발견하는 일이다. 일상과 다른 낯선 곳에서 자신을 만나면 평상시 몰랐던 자신의 또 다른 면을 발견할 수 있다.

바야흐로 혼자 시간을 잘 보내는 사람이 더 잘 살아갈 수 있는 시대가 되었다. 남자 여자 상관없이 혼자서 독립적으로 잘 살아야만 한다. 그래야 '함께'도 잘 살아갈 수 있다. 자기를 알아야 더 잘 살 수 있을 것이다. 결국 삶은, 자기를 발견하는 일 아닐까.

수많은 시행착오를 겪으며 여기까지 왔다. 온전히 나를 안다고 할 수 없지만, 육십을 바라보는 나이가 되어서 비로소 내가 조금 보인다.

2024년 10월 드디어 설악산 공룡능선을 넘었다. 소공원을 출발하여 비선대, 마등령을 지나 공룡능선을 넘고 '무너미재'에 닿았다. 빠듯한 버스 시간을 맞추기 위해 무너미재 갈림길에서 비선대까지, 수많은 사람을 앞질러 내려왔다. 양해를 구하니 사람들이 모두 길을 내어주었다. 더 이상 비상구가 없으니 초인적인 힘이 솟아났다. 나 자신에게 놀란 날이었다.

미국 철학자 에머슨이 말했다. 인생의 모든 답은 내 안에 있다고.

"우리가 가진 힘은 우리가 몸담은 자연이 전해주는 신성한 힘이다. 우리가 할 수 있는 일이 무엇인지는 우리 자신 외에 누구도 알 수 없으며, 그 일을 하기 전에는 가늠조차 하기 어렵다."

내 속의 힘을 발견하는 일이, 우리 인생의 과제 아닐까.

마지막으로 이 책의 출간까지 도움을 주신 자이언트 북 컨설팅 이은

대 대표님에게 특별히 감사의 마음을 전한다. 초보 작가의 손을 잡아 주신 미다스북스 임종익 본부장님, 김은진 편집자님께도 존경과 감사를 보낸다.

2024년 늦은 가을 우지원